U0111640

大展好書　好書大展
品嘗好書　冠群可期

大展好書　好書大展
品嘗好書　冠群可期

日語加油站 7

觀光、商務
日本話

蔡 依 穎／主編

大展出版社有限公司

前　　言

　　隨著國際經濟、文化的不斷交流與發展，赴日旅遊觀光的人數與日俱增；與日本貿易的商務業務接觸頻繁。不懂日本話則成了觀光、商務上的一大障礙。

　　本書為應國人觀光、商務的需要而編寫，例句淺，易學易記，舉凡各種場面的應對用語均詳細列入。讓大家能夠掌握最基礎又實用的觀光、商務會話。

　　本書共分兩大篇，第一篇為觀光用，第二篇為商務用，並附錄觀光、商務參考用語以資參考活用。本書力求理論與實際結合，使其具有一般日語與專業的特點。希望對初學日語者精讀精練後，能舉一反三，日語出口成章。

　　編者才疏學淺，在內容及編排上恐有疏漏欠妥之處，尚祈各界先進不吝指正，無任感激。

前言

五十音練習

		清　　音										鼻音
行 字音 列		ア行 (a)	カ行 (k)	サ行 (s)	タ行 (t)	ナ行 (n)	ハ行 (h)	マ行 (m)	ヤ行 (y)	ラ行 (r)	ワ行 (w)	
ア段 (a)	片假名 國音 羅馬字 平假名	ア 阿 a あ	カ 卡 ka か	サ 薩 sa さ	タ 他 ta た	ナ 納 na な	ハ 哈 ha は	マ 馬 ma ま	ヤ 呀 ya や	ラ 拉 ra ら	ワ 娃 wa わ	ン 恩 ng ん
イ段 (i)	片假名 國音 羅馬字 平假名	イ* 伊 i い	キ 克伊 ki き	シ 西 shi し	チ 基 thi ち	ニ 泥 ni に	ヒ 黑伊 hi ひ	ミ 米 mi み	イ* 伊 i い	リ 利 ri り	ヰ* 伊 i ゐ	
ウ段 (u)	片假名 國音 羅馬字 平假名	ウ 烏 u う	ク 庫 ku く	ス 斯 su す	ツ 資 tsu つ	ヌ 奴 nu ぬ	フ 呼 hu ふ	ム 慕 mu む	ユ 油 yu ゆ	ル 魯 ru る	ウ* 烏 u う	
エ段 (e)	片假名 國音 羅馬字 平假名	エ* 唉 e え	ケ 開 ke け	セ 謝 se せ	テ 帖 te て	ネ 內 ne ね	ヘ 黑 he へ	メ 妹 me め	エ* 唉 e え	レ 雷 re れ	ヱ* 哀 e ゑ	
オ段 (o)	片假名 國音 羅馬字 平假名	オ 歐 o お	コ 寇 ko こ	ソ 叟 so そ	ト 偷 to と	ノ 諾 no の	ホ 后 ho ほ	モ 某 mo も	ヨ 有 yo よ	ロ 洛 ro ろ	ヲ× 歐 o を	

列＼字音＼行		濁　音				半濁音
		ガ行 (g)	ザ行 (z)	ダ行 (d)	バ行 (b)	パ行 (p)
ア段 (a)	片假名 國音 羅馬字 平假名	ガ 嘎 ga が	ザ 雜 za ざ	ダ 達 da だ	バ 吧 ba ば	パ 帕 pa ぱ
イ段 (i)	片假名 國音 羅馬字 平假名	ギ 哥伊 gi ぎ	ジ 集 zi じ	ヂ 集 ji ぢ	ビ 比 bi び	ピ 僻 pi ぴ
ウ段 (u)	片假名 國音 羅馬字 平假名	グ 骨 gu ぐ	ズ 知 zu ず	ヅ 知 zu づ	ブ 不 bu ぶ	プ 舖 pu ぷ
エ段 (e)	片假名 國音 羅馬字 平假名	ゲ 給 ge げ	ゼ 賊 ze ぜ	デ 跌 de で	ベ 杯 be べ	ペ 佩 pe ぺ
オ段 (o)	片假名 國音 羅馬字 平假名	ゴ 勾 go ご	ゾ 濁 zo ぞ	ド 豆 do ど	ボ 薄 bo ぼ	ポ 破 po ぽ

目　　錄

二、商務篇

第一章　實用會話

第四章　主要進出口商品名稱

第一篇

觀 光 篇

第一章　參考例句

第一節　實用觀光參考例句

はい
是

こんにちは。
午安、你好。

いいえ
不是

こんばんは。
晚安。

どうぞ
請

お休<small>やす</small>みなさい。
晚安（睡前用語）

ありがとう
謝謝

さようなら。
再見。

どうもありがとう。
非常謝謝（您）。

こちらは林<small>りん</small>さんです。
這是林先生。

どういたしまして。
不用客氣。

始<small>は</small>じめましてどうぞよろしく。

おはようございます。
早安。

初次見面，請多多指教。

お元気ですか？
你好嗎？

ええ，お陰様で，元気
です。
嗯，託您的福，我很好。

あなたは？
你呢？

元気です。
很好。

失礼します。
對不起，我走了。

お気をつけてください。
路上小心。

ご招待をどうも。
謝謝您的款待。

お言葉に甘えさせて
いただきます。
那我就恭敬不如從命。

どこ？
那裡？

お会いできて光栄です。
很榮幸見到您！

駅はどこですか？
車站在那裡？

どうして？
為什麼？

いくら？
多少錢？

これは何と言いますか？
這個叫什麼？

これはどう言う意味です
か？
這是什麼意思呢？

あれはどう言う意味です
か。
那是什麼意思呢？

お邪魔致します。
恕我打擾了。

英語を話せますか？
會說英文嗎？

日本語を話せますか？
會說日本話嗎？

中國語を話せますか？
會說中文嗎？

ちょっと待って下さい。
請等一下。

わかりました。
知道了。

わかりません。
不知道。

日本語を教えて下さい。
請教我日文。

本を下さい。
請給我書。

手伝って下さいませんか？
請幫我忙好嗎？

本当にありがとうございました。
非常感謝。

ご協力ありがとうございました。
謝謝您的幫助。

道に迷いました。
迷路了。

チェックインカウンターはここですか？
請問這裡是辦理登機手續的地方嗎？

搭乗手続きはいつからはじまりますか？
什麼時候開始辦理登機？

空港にはＡＴＭがありますか？
機場裡有提款機嗎？

これを機內持ち込みにしてもよろしいですか？
可以隨身携帶這件行李嗎？

毛布をください。
請給我一條毯子。

ヘッドフォンが壞れています。
我的耳機壞了。

ライトはどのようにつけますか？
請問燈怎麼開？

観光です。
我是來旅遊的。

ツアーで来ました。
我是跟旅行團來的。

日本へ旅行します。
去日本旅行。

バスの停留所。
巴士站。

何時に着きますか？
幾點到達呢？

此席は空いていますか？
這個位子有人坐嗎？

ここは私の席です。
這是我的座位。

窓を開けてもよろしいですか？
可以開窗嗎？

窓を開けて下さい。
請打開窗戶吧。

次は何駅ですか？
下一站是那裡？

どの駅で乗り換えればよ
いですか？
在哪個站換乘？

どこで降りますか？
在那裡下（車）？

これが私の荷物です。
這是我的行李。

これが荷物の全部です。
這是全部的行李。

食堂車はどこですか？
餐車在那兒？

カートはどこにあります
か？
哪裡有行李車？

たばこを吸ってもいいで
すか？
我可以抽菸嗎？

朝食付きですか？
有附早餐嗎？

あさごはんは何時で
しょうか？
早餐是幾點呢？

空室はありますか？
有空房間嗎？

どのホテルがやすい
でしょうか？
那一間旅館便宜呢？

一番よいホテル。
最好的旅館。

ひとりの部屋が欲しいで
す。
想要單人房。

シングルルームをお願い
できますか？
我能預訂一間單人房嗎？

バス付^{づき}のツインルームを
お願^{ねが}いします。
我要一間有浴室的雙人
房。

前金^{まえきん}はどのぐらいです
か？
訂金是多少？

金庫^{きんこ}を使^{つか}いたいです。
我想使用保險箱。

チェックアウトは何時^{なんじ}
ですか？
幾點退房？

何階^{なんかい}ですか？
幾樓呢？

緊急時避難經路図^{きんきゅうじひなんけいろず}。
火警疏散圖。

エレベーターがあります
か？
有電梯嗎？

トイレはどこですか？
化粧室（廁所）在那裡？

すみません，この近^{ちか}くに
レストランはありますか？
請問，附近有餐廳嗎？

七時^{しちじ}に私^{わたし}を呼^よんで下^{くだ}
さい。
7 點時叫我。

私^{わたし}の部屋^{へや}は何番^{なんばん}ですか？
我的房間是幾號?

テレビの映^{うつ}りが悪^{わる}く画^が
面^{めん}が安定^{あいてい}しません。
電視畫面不穩定。

部屋^{へや}を変^かえていただけま
すか？
能換個房間嗎？

勘定^{かんじょう}を願^{ねが}います。
我要結帳。

15

クレジットカードは使え
ますか？
可以用信用卡支付嗎？

領収証を下さい。
我要一張收據。

メニューを下さい。
請給我菜單吧。

レストランは予約が必
要ですか？
去餐廳吃飯需要預約嗎？

オレンジジュースをお願
いします。
我想要一杯橙汁。

メニューを見せて下さ
い。
請給我看看菜單。

中國語のメニューがあ
りますか。
有中文的菜單嗎？

定食をお願いします。
我要一份套餐。

私は今ダイエット中
です。
我正在減肥。

ここには精進料理は
ありますか？
這裡是否有素食餐？

ここに座ってもよろしい
ですか？
我可以坐這裡嗎？

箸はどこにありますか？
哪裡可以拿到筷子？

もう沢山です，ありが
とう。
已經很多了，謝謝。

コーヒーはつきますか？
有附咖啡嗎？

注文したものはまだ来ません。
我點的食物還沒來。

バイキングですか？
是自助式的嗎？

たばこをひとはこを下さい。
請給我一包菸。

頭を洗ってもらいたい。
我想洗頭。（請給我洗頭指在理髮店時）。

すみません。
對不起。

このテーブル空いてますか？
這桌子沒人坐嗎？

どうぞおかけください。
請坐。

お願いがあります。
想請你幫忙。

ちょっとお願いできますか？
能幫我的忙嗎？

入ってもよろしいですか？
可以進來嗎？

お入りください。
請進來。

林さんによろしく。
請代我向林先生問好。

あしたの天気はどうですか。
明天天氣怎樣。

今は何日ですか？
今天是幾號？

もっとゆっくり話して下さい。

請說得更慢一點。

八時のバスに乗れば間に合います。

搭乘8點的巴士就來得及。

日本語は全く出来ません。

我完全不懂日語。

私は日本語が話せます。

我會說日語。

私の日本語はあまり上手ではありません。

我的日語不太好。

もう一度おっしゃっていただけますか？

您能再說一次嗎？

中國語を話せる人はいらっしゃいますか？

有人會說中文嗎？

わたしは昨日新幹線で大阪へ行きました。

我昨天乘新幹線去大阪。

鈴木さんは食堂にいます。

鈴木先生在餐廳。

京都の風景はとても美しいです。

京都的風景很漂亮。

ビルを下さい。

請給我啤酒。

ステーキを下さい。

請給我牛排。

ファックスを送りたいです。

我想發傳真。

部屋からメールが送れますか？

從房間可以發電子郵件嗎？

電報を打ちたい。

要打電報。

電話をかけたい。

想打電話。

タクシをよんで下さい。

請替我叫計程車。

10 分間以内に来られますか？

十分鐘之內能來嗎？

観光地図はありますか？

請問有觀光地圖嗎？

入り口はどこですか？

請問入口在哪裡？

出口はどこですか？

出口怎麼走？

写真を撮っていただけますか？

能幫我拍張照片嗎？

何かお土産におすすめのものはありますか？

有什麼推薦的特產嗎？

高すぎます。

太貴了。

もっと安くして下さい。

請再算便宜。

何割引きですか？

打幾折呢？

今日のレートはいくらですか？

今天的匯率是多少？

第二節　觀光參考用語

ホテル	チェックイン
飯店	登機、飯店入住手續
りょかん 旅館	ビザ
旅館	簽證
デパート	ゲート
百貨公司	登機口
くうこう 空港	ファーストクラス
機場	頭等艙
ターミナル	エコノミクラス
候機樓	經濟艙
ラウンジ	シートナンバ
候機室	座位號
とうちゃく 到着ロビー	にゅうこく 入国ビザ
入境大廳	入境簽證
まちあいしつ 待合室	キャプテン
休息室	機長

スチュワーデス
空中小姐

こうくうけん
航空券
機票

まどがわ
窓側
靠窗側

つうろがわ
通路側
通道側

う　と
受け取る
領取

にもついんかんしょう
荷物引換証
行李證

ちょうかりょうきん
超過料金
超重費

トランク
旅行箱

スーツケース
手提箱

てにもつ
手荷物
手提行李

けいたいひん
携帯品
隨身物品

シートベルト
安全帯

まくら
枕頭

もうふ
毛布
毛毯

きゅうめいどうい
救命胴衣
救生衣

トイレットペーパー
衛生紙

かみ
紙タオル
紙巾

かみ
紙コップ
紙杯

呼び出しボタン 呼叫鈴	郵便局 郵局
非常ボタン 緊急按鈕	地下鉄 地下鐵路
ブラインド 遮陽板	汽車 火車
税関申告書 關稅申告書	電車 電車
税関検査 海關檢查	米ドル 美金
通関 通關	日本円 日幣
税金 税金	領収書 收據
検疫 檢疫	レシート 收據、發票
料理店 餐館	宿泊料 住宿費

きゃくしつよやくがかり
客室予約係
預訂員

しゅくはくうけつけ
宿泊受付
訂房處

へや
部屋
房間

シングルルーム
單人房

ダブルルーム
雙人房（一大床）

ツインルーム
雙人房（兩張小床）

ふたり部屋
へや
雙人房（標準房）

よやく
予約
預訂

パスポート，旅券
りょけん
護照

ぜいかん
税関
海關

しんこく
申告
申報

でんわ
電話
電話

めんぜい
免税
免税

にもつ
荷物
行李

にゅくこく
入国カード
入境申報書

きんせいひん
禁制品
違禁品

りょうがえ
両替
兌換

かんこう
観光
観光、遊覽

23

たばこ
香菸

かんこうあんない
観光案内
旅遊介紹

かんこうず
観光図
旅遊圖

めいしょきゅうせき
名所旧跡
名勝古跡

ロープウェイ
空中纜車

ラーブルカー
纜車

とくべつぎょうじ
特別行事
特別活動

おんせん
温泉
温泉

ゆうえんち
遊園地
遊樂園

じゅうようぶんかざい
重要文化財
重點文化資產

まつ
お祭り
祭典

しゅくじつ
祝日
節日

しゅうまつ
週末
週末

ひがえ
日帰リツアー
一日遊（當天回）

いちにち
一日ツアー
一日遊

ガイド
導遊

こじん
個人
個人

だんたい
団体
團體

為替 かわせ 匯率	お札 さつ 鈔票
外貨 がいか 外幣	小切手 こぎって 支票
トラベラーズチェック 旅行支票	課税品 かぜいひん 納税品
コイン 硬幣	料金 りょうきん 費用
紙幣 しへい 紙幣	旅行 りょこう 旅行
小銭 こぜに 零錢	キャンセル 取消
クレジットカード 信用卡	取消し とりけ 取消
紛矢届け ふんしつとどけ 掛失	入場料 にゅうじょうりょう 入場費
さけ 酒	家賃 やちん 房租

25

おおや
大家さん
房東

べんじょ　　　　　　　てあら
便所・トイレ・お手洗い
廁所　　廁所　　廁所

うんちん
運賃
運費、車費

しょくどう
食堂
餐廳

じこく　ひょう
時刻表
時刻表

コーヒショップ
咖啡店

しゅうてん
終点
終點

ホームきっぷ
月台票

ひこうき
飛行机
飛機

プラットホーム
月台

タイヤ
輪胎

のりかえ
換車

きっぷ
切符
車票

かた　みち
片道
單程（票）

チケット
票

おうふくきっぷ
往復切符
來回車票

こん　しゅうでんわ
公衆電話
公用電話

きゅう こう けん
急行券
快車票

しんだいけん
寝台券
臥舖票

きゅうこうしゃ
急行車
快車

しょっけん
食券
餐券

していせき
指定席
對號座

じゆうせき
自由席
自由座

ていきけん
定期券
月票

つぎ　れっしゃ
次の列車
下班火車

しんだいしゃ
寝台車
臥車

しょくどうしゃ
食堂車
餐車

つりせん
找錢

おとな
大人

こども
小孩

としより
お年寄
年長者

にんぷ
妊婦
孕婦

わりびき
割引
打折

バス
公共汽車

バスてい
巴士站

しゃしょう
車掌
車掌

27

うんでんしゅ
運轉手
司機

タクシ
計程車

きゅうめい
救命ジャケット
救生衣

しはいにん
支配人
經理

ロビー
大廳

うけつけ
フロント・受付
服務台

かぎ
鍵
鑰匙

ついか
追加ベッド
加床

ボーイ
服務生

ちょうば
帳場
櫃台

しめい
氏名
姓名

こくせき
国籍
國籍

しょくぎょう
職業
職業

ねんれい
年齢
年齡

ほんせき
本籍
戶籍

りょうじかい
領事館
領事館

しょめい
署名
簽名

チェックイン
入住

28

チェックアウイ
退房

ベルボーイ
行李員

別料金
另收費

サービス料
服務費

インフォメーション
詢問處

バー
酒吧

風呂付部屋
附浴室的房間

ふとん
棉被

蛇口
水龍頭

冷藏庫
冰箱

冷暖房
冷、暖氣設備

ソファー
沙發

お湯
開水

シーツ
被單

枕
枕頭

バスタオル
浴巾

タオル
毛巾

シャンプー
洗髮精

リンス
潤髮乳

クリーム
護膚霜、乳液

ドライヤー
吹風機

クリーニング
洗衣

カミソリ
刮鬍刀

せっ
石けん
肥皂

はブラシ
牙刷

はみがきクリーム
牙膏

ふろば
風呂場
浴室

バスタブ
浴缸

シャワー
淋浴

テレビ
電視

チャンネル
頻道

ばんぐみ
番組
節目

コマーシャル
廣告

てんきよほう
天気預報
天氣預報

テレビゲーム
電視遊樂器

コンピューター
電腦

ラジオ
收音機

だんわしつ
談話室
聊天室

カメラ
照相機

ホームページ
網頁

ビデオカメラ
攝影機

アドレス
網址、地址

けいたいでんわ
携帯電話
手機

インターネット
網路

ヘッドフォン
耳機

メール
郵件

バッテリー
電池

メールアドレス
電子郵件地址

でんし
電子レンジ
微波爐

メールフレンド
網友

ポット
電茶壺

アットマーク
@，小老鼠

ファックス
傳真機

チャット
線上聊天

はいざら
灰皿
煙灰缸

いす
椅子

つくえ
机
桌子

かぐ
傢具

れいぼう
冷房
冷氣

だんぼう
暖房
暖氣

いっかい
一階
一樓

ななかい
七階
七樓

タンス
衣櫥

ちゅうか りょうり
中華料理
中國菜

せいようりょうり
西洋料理
西餐

にほんりょうり
日本料理
日本菜

かいせき りょうり
かいせき料理
懷石料理

しょう じん りょうり
精進料理
素食

りょう てい
料亭
日本式飯館

メニュー
菜單

ナイフ
餐刀

フォーク
叉

スプーン
餐勺、湯匙

醬油
醬油

はし
筷子

しお
鹽

さら
碟子

七味
七味粉

コップ
杯子

さとう
糖

ワイングラス
高腳酒杯

ミルククリーム
奶精

茶碗
碗

こしょう
胡椒

おしぼり
小毛巾、濕紙巾

肉
肉

定食
便餐、套餐

ひつじにく
羊肉

ナプキン
餐巾

豚にく
豬肉

33

ぎゅう にく
牛肉
牛肉

ステーキ
牛排

とりにく
雞肉

ソーセージ
香腸

ポテト
薯條

オニオンリング
洋蔥圈

アップルパイ
蘋果派

たまご
蛋

トースト
吐司

か し
お菓子
糕點、點心

バターケーキ
奶油蛋糕

チーズケーキ
起司蛋糕

モンブラン
蒙布朗（蛋糕）

インスタントラーメン
泡麵

クッキー
餅乾

パン
麵包

サンドイッチ
三明治

ジャム
果醬

ぎゅうにゅう
牛乳

かんづめ
缶詰
罐頭

みそしる
味噌湯

スープ
湯

バター
奶油

チーズ
奶酪

レタス
生菜

さかな
魚

さしみ
生魚片

さかなのフライ
煎魚

や　ざかな
焼き魚
烤魚

まぐろ
鮪魚

うなぎ
鰻

えび
蝦

い　せえび
伊勢蝦
龍蝦

いか
花枝

たこ
章魚

かに
螃蟹

さけ 鮭魚	キャベツ 高麗菜
あゆ 香魚	くうしんさい 空心菜 空心菜
さば 鯖 鯖魚	しいたけ 香菇
はまぐり 蛤蜊	たけのこ 竹筍
つけもの 醬菜	やきとり 烤雞肉
やさい 野菜	ハム 火腿
はくさい 白菜	なべ 火鍋
ほうれんそう 菠菜	すきやき 火鍋
カリフラワー 菜花	ケチャップ 番茄醬

マヨネーズ
沙拉醬

バーベキューソース
烤肉醬

ワサビ
芥末

マスタード
黄色芥末

た
食べる
吃

の
飲む
喝

いためる
炒

にる
煮

あ
揚げる
炸

む
蒸す
蒸

ロースト
烤

フライ
油炸

ソラー
嫩煎

に
煮る
燉煮

に こ
煮込む
燉

ゆ
茹でる
水煮

い
煎る
煎

にぎり
飯團

ごはん
飯

チャーハン
炒飯

そば
麵

ラーメン
拉麵

ハンバーガー
漢堡

チーズバーガー
起司堡

ベーコンバーガー
培根堡

ビックマック
麥香堡

カレーライス
咖喱飯

すし
壽司

ゆで卵
水煮蛋

王子焼き
煎蛋

目玉焼き
荷包蛋

デザート
甜點

オムレス
菜肉蛋捲

すき焼き
壽喜燒

しゃぶしゃぶ
涮火鍋

てっぱん焼き
鐵板燒

盛り合わせ
拼盤

とうがらし
辣椒

手巻き
手捲

トマト
番茄

ちらし
散壽司

にんじん
胡蘿蔔

にんにく
大蒜

じゃがいも
馬鈴薯

ねぎ
蔥

きのこ
蘑菇

たまねぎ
洋蔥

だいこん
蘿蔔

セロリー
芹菜

のり
海苔

きゅうり
黃瓜

甘い
甜的

しょうが
薑

酸っぱい
酸的

しょっぱい
鹹的

<ruby>辛<rt>から</rt></ruby>い
辣的

<ruby>美味<rt>お い</rt></ruby>しい
好吃的

おいしくない
不好吃

<ruby>不味<rt>ま ず</rt></ruby>い
難吃的

ビール
啤酒

ウイスキー
威士忌

ブランデー
白蘭地酒

<ruby>焼<rt>しょう</rt></ruby>　<ruby>酎<rt>ちゅう</rt></ruby>
燒酒、白酒

はくしゅ
白酒

ワイン
洋酒

しぶい
澀的

<ruby>無糖<rt>む とう</rt></ruby>お<ruby>茶<rt>ちゃ</rt></ruby>
無糖茶

コーヒ
咖啡

こうちゃ
紅茶

ウロン<ruby>茶<rt>ちゃ</rt></ruby>
烏龍茶

ミルクティー
奶茶

カルピス
可爾必思

ミルク
牛奶

アップルジュース
蘋果汁

シェイク
奶昔

ジュース
果汁

バニラ
香草

すいか
西瓜

チョコレート
巧克力

りんご
蘋果

ヨーグルト
優酪乳

バナナ
香蕉

サイダ
汽水

パイナップル
鳳梨

コカコーラ
可口可樂

みかん
橘子

ペプシ
百事可樂

なし
梨子

オレンジジュース
柳橙汁

パパイヤ
木瓜

ライチ
荔枝

洋服店
<ruby>洋服店<rt>ようふくてん</rt></ruby>
西服店

<ruby>葡萄<rt>ぶどう</rt></ruby>
葡萄

くすりや
藥局

もも
桃子

ほんや
書店

いちご
草莓

かメラヤ
照相機行

みやげや
土産店

くつや
鞋店

おみやげ
土産・禮品

こっとうてん
骨董店

やすい
便宜的

<ruby>現像<rt>げんぞう</rt></ruby>
沖洗

たかい
貴的

とけいや
鐘錶店

<ruby>宝石店<rt>ほうせきてん</rt></ruby>
寶石店

アクセサリー
裝飾品

ひすい
翡翠

さんご
珊瑚

ぞうげ
象牙

エメラルド
綠寶石

カラー
彩色的

白黒
黑白

こい色
深色的

うす色
淺色的

黒い
黑色的

赤い
紅色的

あおい
藍色的

白い
白色的

オレンジ色
橘色

金色
金色的

黄色
黃色的

茶色
褐色的

灰色
灰色的

ピンク
粉紅的

43

みどり色
緑色

むらさき色
紫色

眞珠
珍珠

指輪
戒指

イヤリング
耳環

ネックレス
項鏈

ブローチ
胸針

ブレスレット
手鐲

きんせいひん
金製品

ぎんせいひん
銀製品

人形
洋娃娃

ルビー
紅寶石

ネクタイ
領帶

ネクタイ・ピン
領帶夾

陶磁器
陶磁器

ネック・レース
頸鍊

洋服
洋裝

裁縫師
裁縫師

せびろ
西裝

サイズ
尺寸

<ruby>大<rt>おお</rt></ruby>きい
大

<ruby>小<rt>ちい</rt></ruby>さい
小

<ruby>長<rt>なが</rt></ruby>い
長

<ruby>短<rt>みじか</rt></ruby>い
短

<ruby>薄<rt>うす</rt></ruby>い
薄

<ruby>厚<rt>あつ</rt></ruby>い
厚

<ruby>緩<rt>ゆる</rt></ruby>い
鬆

きつい
緊

<ruby>綿<rt>めん</rt></ruby>
棉

<ruby>麻<rt>あさ</rt></ruby>
麻

ウール
羊毛

シルク
絲綢

<ruby>絹<rt>きぬ</rt></ruby>
絹

<ruby>硬<rt>かた</rt></ruby>い
硬

<ruby>柔<rt>やわ</rt></ruby>らかい
軟

ノースリープ
無袖

流_{りゅう}行_{こう}の
流行的

マフラー
圍巾

地_ち味_みな
樸素的

スカート
裙子

伝_{でん}統_{とう}的_{てき}
傳統的

スーツーピース
套裝

ベスト
背心

ストッキング
長筒襪

ワイシャツ・ズラウス
襯衣

パジャマ
睡衣

ワンピース
連衣裙

パンツ
內褲

セーター
毛衣

パンティー
女人三角褲

ジーンズ
牛仔褲

ブリーフ
男人三角內褲

スカーフ
絲巾

ズボン
褲子

くつした
襪子

コート
大衣

ブラジャー
胸罩

Ｔシャツ
Ｔ恤

はんそで
半袖アンダーシャツ
短袖汗衫

ドレス
禮服

ベルト
皮帶

て　ぶくろ
手袋
手套

きもの
和服

け　がわ
毛皮
毛皮

ししゅう
刺繡

あかしんごう
赤信号
紅燈

ラッシュアワー
上下班擁擠時刻

ほどう
歩道
行人道

しんごう
あお信号
綠燈

みぎまがり
右轉

ひだりまがり
左轉

ていしゃ
停車
停車

<ruby>高速道路<rt>こうそくどうろろう</rt></ruby> 高速公路	カラーリング 染髪
まっすぐ<ruby>行<rt>い</rt></ruby>きます 向直走	ウェーブ 波浪形
<ruby>美容院<rt>びよういん</rt></ruby> 美容院	レイヤ 削髪
<ruby>髪<rt>かみ</rt></ruby>を<ruby>切<rt>き</rt></ruby>る 剪頭髪	ボブ 短髪
とこや 理髪店	<ruby>髭剃<rt>ひげそ</rt></ruby>り 刮鬍刀
カット 理髪	<ruby>分<rt>わ</rt></ruby>け<ruby>目<rt>め</rt></ruby> 分縫、分邊
セット 做頭髪	くし 梳子
パーマ 燙髪	<ruby>化粧品<rt>けしょうひん</rt></ruby> 化妝品
ブロー 吹風	<ruby>香水<rt>こうすい</rt></ruby> 香水

くちべに
口紅
口紅

ひゃ と
日焼け止めクリーム
防曬霜

ファンデーション
粉底

マニキュア
指甲油

アイシャドウ
眼影

おと
メーク落し
御妝

ぎゅう えき
乳液
乳液

け しょう すい
化粧水
化妝水

オペレーター
接線生

でんぽう
電報
電報

こくさいでんわ
国際電話
國際電話

でんわばんごう
電話番号
電話號碼

る す
留守
不在

くだ
ちょっとまって下さい
請等一下

びんせん
信紙

ふうとう
封筒
信封

きって
切手
郵票

ゆうそうさき
郵送先
郵寄地址

郵便料金（ゆうびんりょうきん）
郵資

郵便番号（ゆうびんばんごう）
郵遞區號

ポスト
信箱、郵筒

住所（じゅうしょ）
地址

小包（こづつみ）
包裏

予金（よきん）
存款

かきとめ
掛號信

そくたつ
限時信

航空便（こうくうびん）
航空信

海便（ふなびん）
海運

はがき
明信片

えはがき
風景明信片

こわれ物（もの）
易碎物品

旅行社（りょこうしや）
旅行社

病院（びょういん）
醫院

病気（びょうき）
疾病

病歴（びょうれき）
病歷

患者（かんじゃ）
病人

うけつけ
受付
掛號處

ちんつうやく
鎮痛薬
止痛藥

いし
医師
醫生

と　くすり
せき止め薬
止咳藥

かんごふ
看護婦
護士

ちんせいざい
鎮靜剤
鎮靜劑

くすり
薬
藥

すいみんやく
睡眠薬
安眠藥

しんだんしょ
診断書
診斷書

アスピリン
阿司匹林

ちゅうしゃ
注射
打針

げねつざい
解熱剤
退燒藥

ほうたい
包帯
繃帶

めくすり
目薬
眼藥

かぜ　くすり
かぜ薬
感冒藥

にゅういん
入院
住院

ちょういやく
腸胃薬
腸胃藥

たいいん
退院
出院

<ruby>食<rt>しょく</rt></ruby> あたり

食物中毒

<ruby>暑気<rt>しょき</rt></ruby>あたり

中暑

<ruby>下痢<rt>げり</rt></ruby>

腹瀉

<ruby>急患<rt>きゅうかん</rt></ruby>

急診

インフルエンザ

流感

<ruby>脈拍<rt>みゃくはく</rt></ruby>

脈搏

<ruby>体温<rt>たいおん</rt></ruby>

體溫

レントゲン

透視・Ｘ光

<ruby>処方箋<rt>しょほうせん</rt></ruby>

處方

バンドエイド

OK繃、貼布

<ruby>食後<rt>しょくご</rt></ruby>

飯後

<ruby>食前<rt>しょくぜん</rt></ruby>

飯前

<ruby>副作用<rt>ふくさよう</rt></ruby>

副作用

<ruby>皮膚<rt>ひふ</rt></ruby>

皮膚

<ruby>頭<rt>あたま</rt></ruby>

頭

<ruby>額<rt>ひたい</rt></ruby>

額頭

<ruby>まゆ</ruby>

眉毛

<ruby>睫<rt>まつげ</rt></ruby>

睫毛

<ruby>目<rt>め</rt></ruby>
眼睛

<ruby>鼻<rt>はな</rt></ruby>
鼻子

<ruby>顔<rt>かお</rt></ruby>
臉

<ruby>頬<rt>ほほ</rt></ruby>
腮

<ruby>耳<rt>みみ</rt></ruby>
耳朵

<ruby>口<rt>くち</rt></ruby>
嘴

<ruby>舌<rt>した</rt></ruby>
舌頭

<ruby>舌先<rt>したさき</rt></ruby>
舌尖

<ruby>歯<rt>は</rt></ruby>
牙齒

<ruby>顎<rt>あご</rt></ruby>
下巴

のど
喉嚨

<ruby>首<rt>くび</rt></ruby>
脖子

<ruby>肩<rt>かた</rt></ruby>
肩膀

<ruby>脇<rt>わき</rt>の<ruby>下<rt>した</rt></ruby>
腋下

むね
胸

<ruby>背中<rt>せなか</rt></ruby>
背

みぞおち
胸口

おなか
肚子

53

ひじ
肘

うで
腕
胳膊

てくび
手首
手腕

て
手
手

ゆび
指
手指

つめ
指甲

へそ
肚臍

こし
腰
腰

しり
尻
臀

もも
腿
大腿

ひざ
膝蓋

ふくらはぎ
小腿

あしくび
脚腕

あしゆび
足指
脚趾

つまさき
脚尖

にっげったん
日月潭
日月潭

ウライ
烏來

ようめいざん
陽明山
陽明山

りゅう ざん じ
龍 山 寺
龍山寺

こ きゅうはくぶつかん
故 宮 博 物 院
故宮博物館

たいわんいっ しゅう
台 灣 一 周
台灣一周

いち
一

に
二

さん
三

し（よん）
四

ご
五

ろく
六

しち（なな）
七

はち
八

く（きゅう）
九

じゅう
十

じゅういち
十 一

じゅうに
十 二

じゅうさん
十 三

じゅうし
十 四

じゅうご
十 五

じゅうろく
十 六

じゅうしち
十 七

じゅうはち
十 八

じゅうきゅう
十 九

にじゅう
二 十

にじゅういち
二 十 一

にじゅうに
二 十 二

さんじゅう
三 十

よんじゅう
四 十

ごじゅう
五 十

ろくじゅう
六 十

ななじゅう
七 十

はちじゅう
八 十

くゅうじゅう
九 十

ひゃく
一 百

にひゃく
二 百

さんびゃく
三 百

よんひゃく
四 百

ごひゃく
五 百

ろっぴゃく
六 百

ななひゃく
七 百

はっぴゃく
八 百

きゅうひゃく
九 百

せん
一 千

いちまん
一 万

ひゃくまん
百 万

せんまん
千 万

おく
億

ちょう
兆

一萬　百萬　千萬

じゅうろくえん
十六元

きょう
今天

あした(あす)
明天

あさって
後天

しあさって
大後天

きのう
昨天

よくじつ
翌日
隔天

こんばん
今晩

あさ
朝
早晨

ひる
昼
白天

ゆうがた
夕方
傍晩

よる
夜
晩上

しんや
深夜
深夜

せんしゅう
先週
上週

こんしゅう
本週

らいしゅう
下週

さらいしゅう
下下週

こんげつ
本月

らいげつ 下個月	すいようび 水曜日 星期三
せんげつ 上個月	もくようび 木曜日 星期四
ことし 今年	きんようび 金曜日 星期五
らいねん 来年 明年	どようび 土曜日 星期六
きょねん 去年 去年	しゅうまつ 週末 週末
おととし 前年	まいしゅう 毎個星期
にちようび 日曜日 星期日	はる なつ あき ふゆ 春 夏 秋 冬
げつようび 月曜日 星期一	いちがつ 一月
かようび 火曜日 星期二	にがつ 二月

さんがつ 三月	じゅうにがつ 十二月
しがつ 四月	ついたち 一號（一日）
ごがつ 五月	ふつか 二號（二日）
ろくがつ 六月	みっか 三號（三日）
しちがつ 七月	よっか 四號（四日）
はちがつ 八月	いつか 五號（五日）
くがつ 九月	むいか 六號（六日）
じゅうがつ 十月	なのか 七號（七日）
じゅういちがつ 十一月	ようか 八號（八日）

ここのか
九號（九日）

とうか
十號（十日）

はつか
二十號（二十日）

いっぷんかん
一分鐘

にふんかん
兩分鐘

よじかん
四小時

ごじかん
五小時

いっかげつ
一個月

はちねん
八年
八年

じかん
時間
小時

ふん
分
分鐘

びょう
秒
秒

ひがし
東
東

みなみ
南
南

にし
西
西

きた
北
北

なんとう
南東
東南

ほくとう
北東
東北

59

南西 （なんせい） 西南	デジメートル 分米
北西 （ほくせい） 西北	メートル 米（公尺）
前 （まえ） 前	キロメートル 公里
後 （うしろ） 後	ミリリットル 毫升
左 （ひだり） 左	リットル 升
右 （みぎ） 右	オンス 盎司
真ん中 （ま・なか） 中間	グラム 克
ミリメートル 毫米	トン 噸
センチメートル 厘米	ポンド 磅

そふ
祖父（外祖父）

ふぼ
父母

そぼ
祖母（外祖母）

おっと
丈夫

ちち
父親

つま
妻子

はは
母親

<ruby>兄嫁<rt>あによめ</rt></ruby>
嫂嫂

あに
哥哥

<ruby>姉婿<rt>あねむこ</rt></ruby>
姉夫

あね
姐姐

<ruby>息子<rt>むすこ</rt></ruby>
兒子

おとうと
弟弟

<ruby>娘<rt>むすめ</rt></ruby>
女兒

いもうと
妹妹

<ruby>孫<rt>まご</rt></ruby>
孫子

<ruby>兄弟<rt>きょうだい</rt></ruby>
兄弟姉妹

いとこ
堂（表）兄弟姐妹

子供
こども
小孩子

若者
わかもの
年輕人

クラスメート
同學

ルームメート
室友

先生
せんせい
老師

家族
かぞく
家人

親戚
しんせき
親戚

同僚
どう りょう
親戚

親友
しんゆう
知己（感情很好朋友）

第二章　實用會話

第一節　機場海關常用會話文句

あした九時_{くじ}に、私_{わたし}は空港_{くうこう}へいきます。

明天九點我要去機場。

第三便_{だいさんびん}は午前_{ごぜん}十時_{じゅうじ}出発_{しゅっぱつ}です。

第三次班機上午十時出發。

これは私_{わたし}のパスポートです。

這是我的護照。

東京_{とうきょう}へ行_いき第一便_{だいいちびん}は時間通_{じかんとお}りですか？

往東京第一班機是準時嗎？

東京_{とうきょう}までなん時間_{じかん}ですか？

到東京要多久？

何時_{なんじ}東京_{とうきょう}に到着_{とうちゃく}しますか？

幾點到達東京呢？

午後三時_{ごごさんじ}東京_{とうきょう}に到着_{とうちゃく}する予定_{よてい}です。

預計下午三點到東京。

あなたのトランクは十キロオーバーしています。

你的行李超過十公斤。

これが全部 私 の身まわり品です。

這都是我隨身的行李。

いつ飛行機に乗りますか？

什麼時候上飛機了？

どうぞ途 中 ご無事を祈ります。

祝您一路平安。

どうもありがとうございました、ではさようなら。

謝謝，那麼再見了。

わざわざお見送りありがとうございました。

特意來送行，謝謝。

問（旅客）：すみません、あさって午前九時 発 東
　　　　　　京 ゆきの座席を予約したいんですが。

　　　　　　　對不起，我想訂明天九點往東京的（

　　　　　　　飛機）座位。

答（航空公司職員）：パスポートを下さい。

　　　　　　　　　　護照請給我一下。

問（海關人員）：トランクを開けて下さい。

　　　　　　　請打開行李箱。

答（旅客）：はい。

　　　　　　是。

問：この中に何がはいってますか？

　　這裡面放什麼？

答：プレゼントです。

　　是禮物。

問：なまものありますか？

　　有生的東西嗎？

答：ありません。

　　沒有。

關員：もういいです。

　　　好啦可以（通過）了。

旅客：ありがとうございました。

　　　謝謝。

　　　　※　　　　※　　　　※

關員：パスポートを拝見_{はいけん}します。
　　　護照請讓我看看。

旅客：はい、どうぞ。
　　　好，請看。

關員：入国_{にゅうこく}の目的_{もくてき}は何_{なん}ですか？
　　　入境的目的是什麼？

旅客：観光旅行_{かんこうりょこう}です。
　　　是觀光旅行。

關員：滞在期間_{たいざいきかん}はどのぐらいですか？
　　　要停留多久呢？

旅客：二週間_{にしゅうかん}です。
　　　是兩週。

關員：どうも、ではごゆっくり。
　　　謝謝，那麼慢慢去旅行吧。

旅客：ありがとうございます。
　　　謝謝。

　　　　　　※　　　　　　※　　　　　　※

關員：荷物はこれだけですか？
　　　行李只有這些嗎？

旅客：そうです。
　　　是的。

關員：申告するものはありますか？
　　　有沒有要申報的東西？

旅客：いいえ、ありません？
　　　不，沒有。

關員：たばこは何本持っていますか？
　　　香菸帶幾條？

旅客：二本です。
　　　二條。

關員：このカメラは贈りものですか？
　　　這照相機是送人的嗎？

旅客：いいえ、自分で使うためです。
　　　不，是自己用的。

關員：このテープレコーダーには課税します。
　　　這個錄音機要課稅。

第二節　飯店、餐館常用會話文句

バス付（つ）きの部屋（へや）が欲（ほ）しいですが。
我要一間附有浴室的房間。

荷物（にもつ）をホテルへ運（はこ）んでください。
請把行李送到飯店去。

これがお部屋（へや）のかぎです。
這是房間的鑰匙。

どうぞこちらへ。
請，這邊走。

これがあなたの部屋（へや）です。
這是你的房間。

宿泊料（しゅくはくりょう）はいくらですか？
住宿費多少錢？

いち万円（まんえん）です。
一萬塊日幣。

食事（しょくじ）つきですか？
有附餐嗎？

あなたの部屋は四二一室です。

你的房間是421室。

ひとりの部屋をおねがいします。

我要一間單人房。

静かな部屋をおねがいします。

給我靜一點的房間。

部屋は何番ですか？

是幾號房？

七時におこしてください。

七點時請叫我。

朝食は何時ですか？

早餐幾點開始？

食堂は九時にしめます。

餐廳在九點關門。

いつお立ちになりますか？

你什麼時候走呢？

お勘定の計算をおねがいます。

請結帳。

タクシーをよんでください。
請替我叫計程車。

<ruby>外<rt>そと</rt></ruby>は<ruby>寒<rt>さむ</rt></ruby>いです。
外面很冷。

いらっしゃいませ。
歡迎光臨。

ご<ruby>注<rt>ちゅう</rt></ruby><ruby>文<rt>もん</rt></ruby>は？
要些什麼呢？

メニューを<ruby>見<rt>み</rt></ruby>せてください。
菜單請給我看看。

すし<ruby>一人前<rt>いちにんまえ</rt></ruby>を<ruby>下<rt>くだ</rt></ruby>さい。
請給我一份的壽司。

ビールを<ruby>一本下<rt>いっぽんくだ</rt></ruby>さい。
請給我一瓶啤酒。

チャハンをください。
請給我炒飯吧。

ウェーター、<ruby>勘<rt>かん</rt></ruby><ruby>定<rt>じょう</rt></ruby><ruby>願<rt>ねが</rt></ruby>いします。
服務生，請算帳。

おかわりはいかがでしょうか。
要不要再一碗（杯）。

（顧　客）：席がありますか？
　　　　　　有空座位嗎？

（服務生）：こちらのテーブルへどうぞ。
　　　　　　請到這邊的桌子來。

（服務生）：お飲物は何になさいますか？
　　　　　　要什麼飲料呢？

（顧　客）：ビールにします。
　　　　　　要啤酒。

（顧　客）：コーヒを下さい。
　　　　　　請給我咖啡。

（服務生）：かしこまりました。少々お待ち
　　　　　　ください。
　　　　　　明白了，請您等一下吧。

服務生：お勘定はレジでお願いします。
　　　　請到收銀台結帳。

額　客：一万円でおつりを下さい。
　　　　給你一萬塊請找我錢。

服務生：またどうぞおこし下さい。
　　　　請再光臨。

（旅　客）：ひとりの部屋がほしいですが。
　　　　　我要一間單人房。

（服務員）：はい、予約しましたか？
　　　　　是，有沒有預約呢？

旅　客：ありません。
　　　　沒有。

服務員：そうですか、バスつきの部屋が欲しいですか
　　　　？ないのがいいですか？
　　　　是嗎？要有浴室的或沒有浴室的房間。

旅　客：バスつきの部屋がほしいです。
　　　　要有浴室的房間。

服務員：あ、あります。三階にあります。
　　　　啊！是有的，在三樓。

旅　客：部屋代はいくらですか？
　　　　房租多少錢？

服務員：一日一万円です。
　　　　一天一萬塊。

服務員：どうぞお名前と住所を書いて下さい。
　　　　請登記你的姓名與住址。

旅　客：はい。
　　　　好的

旅　客：いつ勘定しますか？
　　　　幾時算帳呢？

服務員：あした十二時です。
　　　　明天十二點。

　　　　※　　　　　※　　　　　※

服務員：いらっしゃいませ、何名様ですか？
　　　　請進，有幾位呢？

顧　客：ひとりです。
　　　　一個人。

服務員：どうぞこちらへ。
　　　　請走這邊。

額　客：メニューを見せてください。
　　　　請給我看看菜單。

服務員：はい、どうぞ。
　　　　好，請。

服務員：何を召し上がりますか？
　　　　要吃什麼呢？

顧　客：この定食をもらいましょう。
　　　　我要這份套餐。

服務員：デザートはいかがですか？
　　　　要飯後點心嗎？

額　客：アイスクリームをもらいます。
　　　　給我冰淇淋吧。

顧　客：お勘定をお願いします。
　　　　請結帳吧！

服務員：千円になります。
　　　　共一千塊。

第三節　旅行、乘車常用會話文句

京都ゆきの切符をください。

請給我往京都的車票。

片道ですか？往復ですか？

是單程的或來回票？

何枚が必要ですか？

需要幾張？

のりかえしますか？

要不要換車呢？

片道の切符を一枚下さい。

給我一張單程車票。

汽車は何時にでますか？

火車在何時開呢？

何時に京都へ着きますか？

幾點到京都呢？

何時間かかりますか?

要花幾小時呢？

<ruby>何<rt>なん</rt></ruby><ruby>番<rt>ばん</rt></ruby>のホームから<ruby>発<rt>はっ</rt></ruby><ruby>車<rt>しゃ</rt></ruby>ですか？

從第幾月台開車的呢？

<ruby>次<rt>つぎ</rt></ruby>の<ruby>列<rt>れっ</rt></ruby><ruby>車<rt>しゃ</rt></ruby>は<ruby>何<rt>なん</rt></ruby><ruby>時<rt>じ</rt></ruby>に<ruby>出<rt>で</rt></ruby>ますか？

下一班車在幾點開呢？

これは<ruby>台<rt>たい</rt></ruby><ruby>北<rt>べい</rt></ruby><ruby>駅<rt>えき</rt></ruby>ゆきです。

這是開到台北車站的。

<ruby>地<rt>ち</rt></ruby><ruby>下<rt>か</rt></ruby><ruby>鉄<rt>てつ</rt></ruby>の<ruby>入<rt>いり</rt></ruby><ruby>口<rt>ぐち</rt></ruby>はどこですか？

地下鐵的入口在那裡？

<ruby>次<rt>つぎ</rt></ruby>は<ruby>広<rt>ひろ</rt></ruby><ruby>島<rt>しま</rt></ruby><ruby>大<rt>だい</rt></ruby><ruby>学<rt>がく</rt></ruby>です。

下一站是廣島大學。

このちかくバスの<ruby>停<rt>てい</rt></ruby><ruby>留<rt>りゅう</rt></ruby><ruby>所<rt>じょ</rt></ruby>がありますか？

這附近有巴士（公車）站嗎？

このバスは<ruby>台<rt>たい</rt></ruby><ruby>北<rt>べい</rt></ruby><ruby>駅<rt>えき</rt></ruby>へいきません。

這巴士不到台北車站。

<ruby>料<rt>りょう</rt></ruby><ruby>金<rt>きん</rt></ruby>はいくらですか？

車費是多少？

<ruby>空<rt>くう</rt></ruby><ruby>港<rt>こう</rt></ruby>へいって<ruby>下<rt>くだ</rt></ruby>さい。

請開到機場。

問：大阪へ行く新幹線はいくらですか？
　　到大阪的新幹線要多少錢？

答：一万円です。
　　一萬塊。

問：次の電車は何時ですか？
　　下班車幾點呢？

答：八点です。
　　是八點。

問：あした、どこに行きますか？
　　明天要到那裡去？

答：京都へ観光にいきます。
　　到京都去觀光。

問：電車に乗ってどのぐらいかかりますか？
　　乘電車要花多少時間？

答：二時間ぐらいでしょう。
　　二個小時吧！

問：これはなんというお寺ですか？
　　這叫什麼寺院呢？

答：有名な東本願寺です。

是有名的東本願寺。

問：今日はお疲れになったでしょう。

今天你累了吧！

答：いいえ、それほど疲れません。

不，並不太累。

問：帰りは何でかえりますか？

回去時乘什麼回去呢？

答：帰りも電車です。

回去也乘電車回去。

第四節　商店、購物常用會話文句

ネクタイを下さい。

請給我領帶。

たかいですね。

很貴呀。

日本製ですか？

是日本製的嗎？

私はこれがすきです。

我喜歡這個。

一割お引きいたします。

打九折。

この値段は割引できますか？

這價錢能打折嗎？

いらっしゃいませ、何が欲しいですか？

歡迎光臨，您要些什麼？

このハンドバッグはいくらですか？

這手提包多少錢？

まけられませんか？

可以算便宜一點嗎？

ほかのを見せて下さいませんか？

可以看看別的種類嗎？

これを下さい。

請給我這種的。

くつがありますか？

有鞋子嗎？

私はハンドバッグをかいたいんですが。
我想買手提包。

すみません、もう売切れです。
對不起！已賣完了。

問（顧客）：電池はありますか？
　　　　　　有電池嗎？

答（店員）：はい、ここにございます。
　　　　　　有，在這兒。

問：これはいくらですか？
　　這多少錢？

答：これは三百円です。
　　這是三百塊。

問：これを二つ下さい。
　　請給我兩個吧。

答：六百円いただきます。
　　收您六百元。

問：千円でおつりを下さい。
　　這是一千元，請找錢。

答：四百円のおつりです。
找您四佰元。

問（顧客）：カメラを見せて下さい。
請給我看看照相機。

答（店員）：どうぞこちらへ。
請到這裡來。

問：いくらですか？
多少錢？

答：六万円です。
六萬元。

問：領収書ください。
請給我收據。

答：はい，かしこまりました。
是，好的。

　　　　※　　　　※　　　　※

店員：いらっしゃいませ、何を差しあげましょう？
觀迎光臨，要什麼呢？

顧客：時計を見せてください。
　　　請給我看看鐘錶。

店員：これはいかがでょう？
　　　這個怎樣？

顧客：気にいりました。もらいまよう。
　　　我喜歡，給我吧。

顧客：いくらですか？
　　　多少錢？

店員：五千円です。
　　　五千塊日幣。

顧客：ふたつ買ったら割りびきしてくれますか？
　　　買兩個能打折嗎？

店員：そうですねえ。いち割りお引きまよう。
　　　那麼打九折吧。

　　　　　※　　　　※　　　　※

顧客：ワイシャツが欲しいんですが。
　　　我想要襯衫。

店員：かしにまりました、白いですか？
　　　知道了，要白色的嗎？

顧客：ブルをください。
　　　請給我藍色的。

店員：サイズはいくつですか？
　　　尺吋是多少？

顧客：さあ、分りません。
　　　這，我就不知道了。

店員：おはかりましょうか。
　　　我量看看吧。

顧客：お願いします。
　　　拜託了。

　　　　　※　　　　　※　　　　　※

顧客：このくつはいてみてもいいですか？
　　　這鞋子試穿可以嗎？

店員：どうぞ。
　　　請

顧客：このくつは小<ruby>さ<rt>ちい</rt></ruby>すぎます。

　　　這鞋子太小了。

店員：ではこちらはいかがでしょう。

　　　那麼這個怎樣。

顧客：かかとが<ruby>高<rt>たか</rt></ruby>すぎます。

　　　鞋跟太高了。

顧客：この<ruby>種　類<rt>しゅう　るい</rt></ruby>で<ruby>色<rt>いろ</rt></ruby>の<ruby>違<rt>ちか</rt></ruby>うのはありませんか？

　　　這種款式而顏色不同的有嗎？

店員：はい、あります。すぐお<ruby>持<rt>も</rt></ruby>ちします。<ruby>少<rt>しょう</rt></ruby>

　　　<ruby>々<rt>しょう</rt></ruby>お<ruby>持<rt>ま</rt></ruby>ちください。

　　　有。馬上拿來，請稍等。

第五節　電話、電報常用會話文句

もしもし。

喂、喂。

お<ruby>話<rt>はな</rt></ruby>し<ruby>中<rt>ちゅう</rt></ruby>です。

（電話）講話中。

長距離電話をかけたいのですが。
想打長途電話。

こちらは圓山ホテルです。
這裡是圓山飯店。

どちらさまですか？
您是那一位？

あなたの電話番号は何番ですか？
您的電話號碼是幾號？

林さんをおねがいします。
請叫林先生（聽電話）。

少々お待ちください。
請等一下。

あまりよく聞こえません。
聽不太清楚。

いま留守です。
現在（他）不在。

もう一度おかけになって下さい。
請再打過來。

何番におかけしますか？
請問打幾號？

電報をうちたいのですが。
我想打電報。

折り返しお願いします。
麻煩回電。

伝言お願いします。
麻煩轉達。

あしたまた電話します。
明天我再給你電話吧。

また後でお電話いたします。
等會再撥電話給你。

これは料金先方ばらいです。
這電話由對方付錢。

番号が間違っているようです。
好像你撥錯了號碼。

内線
分機號碼

交換手
接線生

国際電話
國際電話

電話帳
電話簿

電話料金
電話費

交換台
交換台

内線二三三をおねがいします。
請接內線 233 號

問：すみません、林さんはいらっしゃいますか？
　　對不起，林先生在嗎？

答：はい、少々お待ち下さい。
　　是，請等一下。

A：すみません、李さんをおねがいします。
　　對不起請叫李先生聽電話。

B：あ、李さんですが、李さんはいま外出中
　　です。
　　啊！李生生嗎？他現在外出中。

A：ああ、そうですか、ではのちほど又お電話しま
　　す。どうもありがとう。
　　啊！是嗎？那麼我等一下再打過來好了，謝謝！

Ａ：すみません、台灣台北へ国際電話をかけた
　　いのですが。

　　對不起，我想打國際電話到台灣台北。

Ｂ：はい、台北の何番ですか？

　　台北的電話號碼是幾號？

Ａ：二八八一一八六九番をおねがいします。

　　是 28811869 號，拜託了。

Ｂ：はい、わかりました、少々お待ちください。

　　是，知道了，請等一下。

Ａ：すみません、台灣への電報料はいくらです
　　か？

　　對不起，打到台灣的電報費多少錢？

Ｂ：二十文字まで二千円です。

　　到二十個字為止是二千日幣。

Ａ：賴信紙を下さい。

　　請給我電報發報用紙。

Ｂ：はい、どうそ。

　　是　　　請

第六節　郵局、問路常用會話文句

速達はいくらですか？

寄限時的多少錢？

この小包は航空便で台灣までいくらですか？

這包裹寄到台灣要多少錢？

切手はどこ買いますか？

郵票在那兒買？

これを書留で送りたいです。

這要寄掛號。

三番の窓口です。

在 3 號窗口。

はがきを三枚下さい。

請給我 3 張明信片。

八十円切手を五枚下さい。

請給我 5 張 80 圓郵票。

えはがきを十枚ください。

請給我 10 張風景明信片。

この手紙は台北まで何日かかりますか？
這封信寄到台北要多久？

※　　　　　※　　　　　※

ちょっとうかがいますが。
請問一下。

教えていただけませんか？
請教一下好嗎？

すみません、お尋ねしますが宮島はどちらですか？
對不起，請問宮島在那裡？

東京ホテルにはどういきましたらいいですか？
請問到東京飯店怎麼走呢？

あの大通りの左にまがって、すぐ見えます。
從那大街向左轉就立刻可看到。

バスの停留所はすぐあそこです。
巴士站就在那邊。

バスで十五分ぐらいです。
乘巴士大約十五分鐘。

- 問：すみません、ちょっとうかがいます、上野駅へ
  行くにはどうすればいいですか？
  對不起，到上野車站怎麼走呢？

  答：このたてものの右側にまがって　すぐ見えます。
  從這建築物向右轉，立刻可看到。

  問：どうもありがとうございました。
  謝謝。

  答：いいえ。
  那裡。

- 問：すみません、上野公園へ行くには何番のバス
  に乗らなければなりませんか？
  對不起，到上野公園要坐幾號巴士呢？

  答：三十番です。
  坐三十號的。

  問：ありがとうございました。
  謝謝。

  答：どういたしまして。
  別客氣。

● 問：航空便を台湾までいくらですか？
　　　航空寄到台灣多少錢？

　答：百三十円です。
　　　130 元日幣。

　問：どうもありがとう。
　　　謝謝。

● 問：すみませんが、台湾に一番安い方法で荷物
　　　をおくりたいですが。
　　　我想要用最便宜方法寄到台灣。

　答：お急がない場合、海運でいかがでしょうか？
　　　如果不急的話，海運可以嗎？

　問：はい、急いでいません。海運でお願いします。
　　　不急，那就用海運吧。

　答：この送り状に受取人、住所などを記入
　　　お願いします。
　　　請在這提單上寫收件人、地址……等資料。

　問：台湾まで何日かかりますか？
　　　到台灣要多久時間？

答：約三週間かかります。五箱で、四十キ
ロで、料金は一万三千円になります。
　　約三星期，5箱40公斤，運費一萬三千元（日
　　幣）。

問：わかりました。
　　知道了

旅　　客：この小包を台湾へ送りたいですが。
　　　　　我想寄這包裏到台灣。

郵局人員：船便ですか？
　　　　　是寄船運的嗎？

旅　　客：いいえ、航空便です。
　　　　　不，是航空的。

郵局人員：目方をはかってみましょう。
　　　　　秤秤重量吧。

旅　　客：台湾へ着くまでに，どのぐらいかかりま
　　　　　すか？
　　　　　到台灣要花多久時間？

郵局人員：一週間ぐらいでしょう。
　　　　　大約一個禮拜吧。

旅　　客：切手はどこで買うんですか？

　　　　　郵票在那裡買呢？

郵局人員：4番の窓口です。

　　　　　在4號窗口。

　　　　※　　　　　　※　　　　　　※

旅客：あの、すみません。

　　　對不起。

警察：はい、何でしょうか？

　　　什麼事呢？

旅客：新神戸駅へ行く道を教えてください。

　　　請告訴我去新神戶車站怎麼走。

警察：いいですよ、次のかどを左へ曲がりなさい。

　　　すぐ見えてきます。

　　　好的，下一個十字路口向左轉，就可看見。

旅客：ありがとうございます。

　　　謝謝。

　　　　※　　　　　　※　　　　　　※

旅客：すみませんが、道に迷ってしまったんです。
　　　ちょっと助けてお願いします。

　　　對不起，我迷了路，能幫忙一下嗎？

警察：はい、どこまで行くですか？

　　　好的，到那裡去呢？

旅客：和平公園まで。

　　　到和平公園。

警察：この通りをまっすぐ行きなさい、公園に出ま
　　　すよ。

　　　從這馬路一直走，就可到公園的。

第七節　銀行、醫院常用會話文句

私は口座を開きたいんですが。

我想開個戶頭。

東京銀行はどこにありますか？

請問東京銀行在什麼地方？

どうぞ小切手にサインをして下さい。

請在支票上簽個名。

今日の相場は二百五十円対一ドルです。

今天的兌換是 250 日幣對一塊美金。

銀行は午前九時に開きます。

銀行由九點開始營業。

これは現金です。

這是現金。

五千ドルを日本円に換えてくれませんか？

我想要將五千美元換成日幣，好嗎？

私は香港にus百ドルをおくりたいんですが。

我要匯一百元美金到香港去。

申請書を一枚ください。

請給我一張申請書。

A：すみません、米ドルを日本円に両替したい
　　ですが。

　　對不起，我想將美金換成日元。

B：このカードに書いてください。

　　請填這張卡片。

A：はい、わかりました。

　　好，知道了。

B：二千ドルですか？

　　是兩千美元嗎？

A：はい、そうです。

　　是的。

B：ここにサインして下さい。

　　請在這裡簽名。

A：はい、今日のレートはいくらですか？

　　是，今天匯率是多少？

B：二百六十円対一ドルです。

　　二百六十日幣對一美元。

B：少々お待ち下さい。

　　請等一下。

A：はい。

　　好的。

B：これが五十二万円です。たしかめて下さい。

　　這是 52 萬日幣，請清點一下。

A：はい、ありがとうございました。

　　好，謝謝。

Ｂ：どうもありがとうございました。
　　謝謝。

※　　　※　　　※

旅客：両替をしたいのですが。
　　　想要換錢。

旅客：この旅行小切手を現金に替てください。
　　　請將旅行支票換成現金。

旅客：ここで円の両替ができますか？
　　　這裡能用日幣兌換嗎？

銀行員：はい、この書類に書き込んでください。
　　　　可以，請填這單子。

※　　　※　　　※

私はおなかが痛いのです。
我肚子痛。

私は頭が痛いのです。
我頭痛。

昨日かぜをひきました。
昨天感冒了。

醫生：お掛けなさい。どうしましたか？
　　　請坐，怎麼了？

病人：おなかが痛いんです。
　　　我肚子痛。

醫生：食欲はどうですか？
　　　食慾如何？

病人：ほとんど食べられません。
　　　幾乎吃不下。

醫生：服を脱いでください、聴診をしますから。
　　　請脫下衣服吧，要聽診。

病人：ひどいものですか？
　　　很嚴重嗎？

醫生：いいえ、二、三日休んでいいでょう。
　　　不，休息兩三天就好吧。

　　　　　※　　　　※　　　　※

旅客：この人は病気なんです、お医者さんを呼ん

　　　でくださいませんか？
　　　這人生病了，請叫醫生來好嗎？

路人：わかりました。

知道了。

※　　　※　　　※

路人：どうしたんですか？

怎麼了？

旅客：たいへん気分が悪いんです。

感到非常不舒服。

路人：救急車を呼びましょう。

叫救護車吧。

第八節　理髮、美容常用會話文句

髪をかりたいんですが。

我想要理髮。

少し短くしますか？

要剪短些嗎？

パーマをかけたいんですが。

我想燙頭髮。

ワクッスをおつけになりますか？
要擦髮蠟嗎？

髪<ruby>かみ</ruby>を洗<ruby>あら</ruby>いましょう。
洗頭吧。

髪<ruby>かみ</ruby>は何色<ruby>なにいろ</ruby>に染<ruby>そ</ruby>めますか？
頭髮要染什麼顏色？

ちょっとあついですね。
稍微熱了一些。

髪<ruby>かみ</ruby>の長<ruby>なが</ruby>さはこれでいいですか？
頭髮的長度這樣可以嗎？

どのスタイルにしますか？
要什麼髮型呢？

Ａ：いらっしゃいませ。
　　歡迎請進。

Ｂ：散髪<ruby>さんぱつ</ruby>をお願<ruby>ねが</ruby>いします。
　　請給我理髮。

Ａ：どのようにしましょう？
　　想怎麼剪？

B：あまり 短 く切らないで下さい。
　　請不要剪得太短。

A： 承 知しました。
　　知道了。

第九節　飛機內常用會話文句

空姐：お席にご案内しましょうか？
　　　我帶你到座位去。

旅客：お願いします。
　　　拜託了。

旅客：座席番号はA─12です、どこでしょうか。
　　　坐位是A—12號，在那裡呢？

空姐：あそこの窓側の席でございます。
　　　在那邊靠窗的座位。

空姐：間もなく離陸いたします、シートベルトをお
　　　締めください。
　　　不久要起飛，請繫好安全帶。

旅客：はい、わかりました。
　　　是，知道了。

　　　　　※　　　　　※　　　　　※

空姐：ビールをどうぞ。
　　　請喝啤酒。

旅客：どうも。
　　　謝謝。

空姐：新聞でもいかがですか？
　　　要看報紙嗎？

旅客：日本語の新聞をください。
　　　請給我日文報紙。

　　　　　※　　　　　※　　　　　※

旅客：気分が悪いんです、薬をください。
　　　我感到不舒服，請給我藥吧。

空姐：かしこまりました、すぐお持ちします。
　　　知道了，立刻拿來。

　　　　　※　　　　　※　　　　　※

空姐：コーヒーですか？紅茶ですか？
　　　要咖啡或紅茶？

旅客：紅茶をください。

請給我紅茶。

空姐：お砂糖はいかがでしょうか？

要放糖嗎？

旅客：入れて下さい。

請放進去吧。

空姐：レモンも入れますか？

檸檬也要放入嗎？

旅客：いりません。

不要。

※　　　※　　　※

空姐：お食事はお済みですか？

已用完餐了嗎？

旅客：ええ、おいしかったです。

是，很好吃呀！

第二篇

商　務　篇

第一章　實用會話

第一節　迎接客人

A：失礼ですが、皆さんは日本××貿易会社の
　　代表団のかたがたてしょうか。

請問，你們是日本××貿易公司的代表團嗎？

B：はい、そうです。

是的。

C：私が山本です。

我是山本。

A：私は通訳の林と申します。皆さんを迎えに
　　参りました。

我是譯員，姓林。是來迎接你們的。

C：私は団長の山本です、どうぞよろしくお
　　願いします。

我是團長山本，請多多指教。

　　　　※　　　　　　※　　　　　　※

A：失礼ですが、李さんでいらっしゃいますか？

對不起，你是李先生嗎？

B：はい、そうです、田中ですか？

是的，你是田中先生嗎？

A：ええ、そうです。お目にかかることができて、うれしく思います。

是的，能見到你感到高興。

B：お出迎え、ありがとうございます。

能來接我，謝謝您。

A：飛行機の旅はいかがですか？

坐飛機的旅行如何？

B：快適でした。

很舒服。

A：これはあなたのお荷物ですか？

這是你的行李嗎？

B：ええ、ここにある三つの荷物が私のです。

嗯，這裡的三個包包是我的。

A：荷物をお持ちます、外でタクシーを呼びましょう。どこのホテルにお泊りですか？

我幫你提吧，到外面叫計程車，你住哪個飯店？

B：淺草ホテルに予約をとってあります。

在淺草旅館有預訂房間。

第二節　電話約會

本節起是由李さん訪問日本公司對答的形式。

交換手：日本貿易会社です。

接線生：這裡是日本貿易公司。

李　　：もしもし、春名社長をお願いしたいのですが。

喂，拜託請春名社長聽電話。

交換手：少々お待ちください。

請等一下。

秘書：日本貿易会社のオフイスです、秘書の山本ですが。

這裡是日本貿易公司的辦公室，我是秘書山本。

李 ：もしもし、私は李と申します、中華貿
易会社からまいりました。

喂，我姓李，是從中華貿易公司來的。

秘書：当社に納品することで、お電話をいただい
たのでしょうか。

你是要供應我們公司商品而打電話來的嗎？

李 ：いいえ、違います、実は御社の製品に
興味がありまして、購入する可能性が
ございますので。

不，不是這樣，其實我們對貴公司商品極有興
趣，有意購買。

秘書：わかりました。そのことでしたら、田中さん
の担当ですので、電話をおまわしいたしま
すから少々お待ちください。

知道了，這是由田中先生負責，我轉接電話，
請等一下。

田中：もしもし、李さんでしょうか、秘書からご用
件を聞きました。

喂，是李先生嗎？從秘書處知道您的事。

李　：できればお目にかかりたいのですが。
　　　可能的話希望和您見面。

田中：ぜひお越しください。いつご都合がよろしい
　　　でしょうか？
　　　一定請來訪，什麼時候方便呢？

李　：できれば火曜日か水曜日がよろしいですが。
　　　可能的話星期二或星期三較好。

田中：それでは火曜日の午前　十　時はどうでしょう
　　　か？
　　　那麼星期二早上 10 點如何？

李　：九時にしていただけませんか？
　　　9 點可以嗎？

田中：ええ、九時でもけっこうです。
　　　嗯，9 點也可以。

李　：それでは、火曜日の午前九時にお伺いいた
　　　します。
　　　那麼 9 點去拜訪。

田中：お会いするのを楽しみにしております。

　　　期待與您見面。

李　：どうぞよろしくお願いいたします。

　　　請多多指教。

第三節　參觀工廠

社長：本日は当社の工場にようこそおいで下

　　　さいました。

　　　今天來到我公司的工廠，表示熱烈歡迎。

　　　初めに御紹介します。

　　　こちらが工場長の森下です。

　　　森下さん、このかたは台湾の××会社の

　　　李さんです。

　　　先介紹一下，這位是廠長森下先生。

　　　森下先生，這位是台灣××公司的李先生。

李　：初めまして、どうぞよろしく。

　　　初次見面，請多多指教。

森下：こちらこそ、それではこちらへどうぞ。

不客氣，請這邊走吧。

社長：次に工場長より生産の概況を御

説明します。

接下來請廠長說明一下生產的概況。

森下：何か御質問はありませんか？

有什麼疑問沒有？

では今から御案内します。ヘルメットをか

ぶって下さい、どうぞ。

那麼現在為你們當嚮導，請戴上安全帽。

（完畢之後）

森下：お疲れさまでした、では時間の許す限り懇

談しましょう。

下面在時間允許之內，大家漫談一下吧。

李 ：従業員は全部で何名ですか？

月間の生産能力はどのぐらいですか？

從業人員共有多少人，月產量是多少？

　　　　　　　※　　　　　※　　　　　※

第四節　商談生意

李　：社長さん、ご存知のようにわが社は、御
　　　社の商品にたいへん関心をもっておりま
　　　す。

　　　社長先生，如您所知的，我們公司對於貴社
　　　的商品非常關心。

社長：ありがとうございます、今後きっとお役にた
　　　てるものと確信しております。

　　　謝謝，確信今後一定有所幫助的。

社長：李さん、ご紹介します、こちらは当社の
　　　輸出部長岡本です。

　　　李先生，介紹一下，這是本公司的出口部經
　　　理岡本先生。

岡本：お会いするのを樂しみにしております。

　　　很高興見到您。

李　：初めまして、よろしくお願いします。

　　　初次見面，請多多指教。

社長：岡本は当社の輸出関係の専門家です
　　　ので，お互いにいろいろお話合い願いした
　　　いと思います。
　　　岡本先生是本社的有關出口方面的專家，希
　　　望你們兩人能談得來。

李　：わかりました、どうぞよろしく。
　　　知道了，請多多指教。

岡本：それでは、李さん、こちらへどうぞ、わたしの
　　　オフィスでお話いたしましょう。
　　　那麼李先生，請這邊走，到我的辦公室來談
　　　吧。

李　：わかりました。
　　　知道了。

　　　　　※　　　　　　※　　　　　　※

岡本：李さん、どのようなご要望をお持ちでしょう
　　　か。
　　　李先生，你希望要什麼。

李　：新製品のサンプルはいついただけますか？
　　　新產品的樣品何時能給我們？

岡本：サンプルはすでに梱包がすんでおります。台
　　　湾へ航空便で発送する手配もほぼできて
　　　おります、新しいタイプの製品を六コず
　　　つ発送いたします。

　　　樣品已完成捆包，用航空寄到台灣的手續也大
　　　約完成，新的樣品各寄 6 個。

李　：それはけっこうです。新製品はいつ輸出
　　　を開始なさいますか。

　　　那樣很好，新產品何時開始出口呢？

岡本：まもなく、生産に入る予定でおります。し
　　　たがってご注文をいただいてから三十
　　　日以内に発送できるのと思います。

　　　不久預定開始生產，因此訂貨後的 30 日以內
　　　就可寄送。

李　：どうもありがとう、お互いにこの取引の成
　　　功を期待したいですね。

　　　謝謝！大家均互相期待這些交易成功。

岡本：これからもますます交流を深めまょう。

　　　希望今後也不斷加強交流。

岡本：これからもよろしくお願<ruby>ねが</ruby>いします。

今後也請多多指教。

第五節　催促寄樣品來

李 ：もし、もし、岡本<ruby>おかもと</ruby>さんですか？

喂，是岡本先生嗎？

岡本：はい、李<ruby>り</ruby>さんですね、どんなご用件<ruby>ようけん</ruby>でしょう

か？

是的，是李先生嗎？有什麼事嗎？

李 ：お願<ruby>ねが</ruby>いしたサンプルのことで、お電話<ruby>でんわ</ruby>してい

るのですが。

是有關前次拜訪的寄樣品事宜，才打電話給

您。

岡本：どんなことでしょうか？

是什麼事嗎？

李 ：それがまだ着<ruby>つ</ruby>いていないのですよ。

樣品尚未寄到呀！

岡本：しかし発送してからもうだいぶたちますよ。
　　　但是寄出去以後已經過相當時間了呀！

李　：現在まだ着いておりません。当方でも調べ
　　　ておりますが、そちらでも調べていただけま
　　　せんか。
　　　現在尚未到達，我們也調查看看，你們那邊
　　　也請查看看好嗎？

岡本：さっそく調査いたします。
　　　我立刻查看看。

李　：助かります。われわれはサンプルが至急
　　　必要です。
　　　多謝幫忙，我們是十分火急需要樣品的。

岡本：ご心配なさるようなことはないと思いますが、
　　　まもなく到着すると思いますよ。
　　　不必擔心，我認為不久就會到。

李　：それではよろしく頼みます。
　　　那麼拜託您了。

岡本：かしこまりました。何かわかりましたら、す
　　　ぐ電話をさしあげます。

知道了，有消息會立刻和你連絡。

第六節　變更訂貨數量

李　：岡本さん、敝社が注文の商品はもう
　　　発送したでしょうか？

我們所訂的貨已送出了嗎？

岡本：いいえ、まだ発送しておりません。しかし、
　　　そろそろ発送の準備ができているころだ
　　　と思いますが。

不，尚未送出，但我想已在做送貨的準備了。

李　：いかがでしょうか、今から１〜２點の変更
　　　は可能てしょうか。

現在能變更１〜２項嗎？

岡本：はい、できると思いますが。

好，我想是可以的。

李 ：今度の注文の量を倍にふやしたいので
　　すが。
　　　這次的訂貨想增加一倍。

岡本：そういう変更でしたら、いつでも歓迎いた
　　　しますよ。修正オーダーはのちほど書類
　　　でご確認をお願いたします。
　　　這種變更的話一直是歡迎的，修正的訂貨量
　　　，其後請以文件來確認。

李 ：ええ、すぐ手配いたします。
　　　好，我立刻安排處理。

第七節　邀約參加週年慶

小林：はい、小林でございます。
　　　你好，我是小林。

張 ：いつもお世話になっております。台北商
　　　事の張です。
　　　一直以來承蒙您的關照，我是台北商事的小
　　　張。

小林：こちらにお世話になっております。

　　　彼此彼此，承蒙關照。

張　：いま、お電話よろしいでしょうか。会社にお
　　　電話したら、外出中ということだっだ
　　　ので、携帯のほうにおかけしたんですが…。

　　　您現在說話方便嗎？之前我打電話到貴公司，
　　　說您外出了所以就打您的手機。

小林：はい、いま大丈夫ですよ。何かトラブル
　　　でもありましたか？

　　　嗯，沒關係。有什麼問題嗎？

張　：いいえ、ジーンズの本生産のほうは順調
　　　に進んでますよ。実は当社は今年で六週
　　　年を迎えることになりまして、来月の十五
　　　日にささやかながら六週年慶祝パーテ
　　　ィーを催すことになったんです。それで，小
　　　林さんにもご出席いただきたいんですが。

　　　不是的，牛仔褲已正式進入生產階段，進度
　　　也十分順利。我想說的是，今年本公司將要
　　　迎接成立第六年，我們計劃下月 15 日舉辦一
　　　場小規模的 6 週年慶祝派對。我想邀請小林
　　　小姐屆時出席。

小林：ああ、そうですか。それはおめでとうございま
　　　す。ぜひ出席させていただきます。それで
　　　、パーティーに出席するのは、当社から
　　　は私だけでよろしいんでしょうか。

　　　呀！是這樣啊！那真是恭喜，請務必讓我參
　　　加。那麼，我們公司就由我一人出席嗎？

張　：そのことなんですが、御社の佐藤社長に
　　　も、ぜひご出席いただいて、できましたら
　　　、来賓代表のスピーチをいただきたいの
　　　ですが……。小林さんのほうから佐藤社
　　　長に何とかお願いしていただけないでしょう
　　　か。

　　　嗯，關於這個，我殷切地希望貴公司的佐藤
　　　社長也能出席。如有可能，還希望他屆時能
　　　作為來賓代表進行演講。小林小姐，您能幫
　　　我向佐藤社長傳遞這個想法嗎？

小林：わかりました。じゃあ、明日にでも本人に伝
　　　えまして、できるだけ早くご返事するように
　　　いたしますね。うちの社長は挨拶好きで
　　　すから、快く引き受けると思いますよ。

我明白了，最快明天我就去跟社長談，然後儘快給你回覆。我們社長很喜歡熱鬧的，應該會很高興地答應吧！

張　：そうですか。じゃあ、よろしくお願いいたしますね。正式な案内状は早急にお送りいたますので。

是嗎？那就拜託了。正式的邀請函也會儘快送達貴公司的。

小林：ありがとうございます。パーティー楽しみにしております。

那就多謝了，真期待派對舉辦的那一天。

張　：それでは、失礼いたします。

那麼，我先掛電話了，再見。

小林：失礼いたします。

再見。

第八節　探詢估價單

李　：早速ですが、今は先日お出ししました見
　　　積り書につきまして、ご返事をいただきた
　　　いと思いまして。

　　　那我就開門見山了，今天我是來聽取您對於
　　　前幾天那份估價單的意見。

田中：ああ、それなんですが、実を申しますと、他
　　　社からもいくつか見積りをいただいしている
　　　のですが、貴社の提示価格は他社よりも若
　　　干高めですね。

　　　啊！這件事呀！老實說，我們從其他公司也
　　　收到幾份類似的估價單，而貴公司開出的價
　　　格確實比其他公司高些。

李　：そうですか。当社としましても、思い切った
　　　金額を提示させていただいたつもりなんで
　　　すが……。それでは、貴社としては、どのく
　　　らいの線をお考えですか？

　　　這樣啊！可是我們公司已經給了所能提供的
　　　最低價格了……請問，在貴公司方面，我們

要把價格定在什麼水準您才能考慮呢？

田中：そうですね。率直に言いまいて、台中
　　　商事さんより八％も低い見積り価格
　　　を提示しているところもあるんですよ。ですか
　　　ら、貴社の提示価格より、さらに八％
　　　以上下げていただかないと……。

嗯，那我就直說了，開價比你們台中商事整
整低 8%的公司也有。所以，如果貴公司不把
開價削減 8%以上的話……。

李　：ううん、そうですか。八％もですか。そ
　　　れは厳しいですね。

嗯！這樣啊。8%可能真是難辦了。

田中：当社も今、厳しい時期なんですよ。最近
　　　の円高でかなりの打撃を受ていましてね。
　　　その点をご考慮いただいて、再検討願え
　　　ませいか。

我們公司現在也是非常時期，最近日圓升值
可讓我們蒙受很大的損失。貴公司可否再考
慮到這點，再重估一下價格呢？

李　：承知いたしました。貴社の意向はよくわかりました。私では決めかねますので、上の者にも相談上、早急に再検討いたします。

　　明白了，貴公司的意向我已充分了解。但光憑我的話恐怕沒法做最後決定。回公司後我會立刻找上司談談，看看有沒有再商量的空間。

田中：ぜひ、そうしていただけますか。当社としましても、長いお付き合いの台中商事さんとは、今後とも取引を続けていきたいと考えておりますので……。

　　嗯，請您務必回去商量一下，對我們而言，也希望能與長期合作很久的貴公司繼續保持持久穩定的貿易關係。

李　：ありがとうございます。そう言っていただければ、うれしい限りです。では、来週早々には改めてご提案させていただきますので。

　　承蒙貴公司的愛顧，您能這麼說我深感榮幸。下週我會儘快帶著新的提案再來拜訪的。

田中：助かります。それでは、そういうことで前向
きにお願いいたします。

那麼有勞了，希望貴公司能積極的處理此事。

李　：承知いたしました。今日はお忙しいとこ
ろお時間をいただいて、ありがとうございま
した。それでは、これで失礼いたします。

我知道了，今天您百忙之中抽空來進行這次
面談，真是太謝謝了，那麼，我先告辭了。

田中：こちらこそ、わざわざお越しいただいて、あり
がとうございました。ご連絡をお待ちして
おります。

不用客氣，勞您大老遠趕過來，我們才該謝謝
您。那麼，我等您的消息。

第九節　出貨日交涉

李　：××社の李です。さきほどFAXで注文書
を送りましだ、ご確認お願いします。

××公司的李，剛剛有傳真訂單，請確認。

田中：すぐ確認します。少々お待ちくたさい。
届きました。どうも有り難うございました。
納期がわかり次第、すぐ連絡します。

我是××公司的田中，感謝關照。貴司所訂
的 200 個商品會在 8 月 25 日出貨，出貨時，
我會給出貨文件。

馬上確認，請稍等。有收到了，謝謝。知道
交期後，會立即跟您聯絡。

田中：××社の田中です。お世話になります。ご注
文の 200 PCS は八月二十五日出荷にな
ります。出荷の時、また出荷資料を送り
ます。

我是××公司的田中，感謝關照。貴司所訂
的 200 個商品會在 8 月 25 日出貨，出貨時，
我會給出貨文件。

李　：出荷日はもうちょつとはやくできないで
しょうか？一日でも、前倒しお願いします。

出貨日可以往前嗎？即使只能一天，也麻煩
提前。

田中：工場側と確認します。二日後、またご
連絡します。

我會跟工廠確認，兩天後會跟您聯絡。

田中：××社の田中です。お世話になります。ご注文の 200PCS の納期について、調整しまして、八月二十日出荷になります。これはもう精一杯の納期です。

××社的田中，受到您的照顧，有關 200PCS 交期調整之後，可在 8 月 20 日出貨。這已經是最好的交期。

李　：どうもありがとうございます。FEDEX で送ってお願いします。

謝謝，請用 fedex 寄出。

第十節　不良品處理

顧客：すみませんが、商品は先ほど届きましたが、一個が割れまして、どうしたらよいでしょうか。

不好意思，剛剛收到商品，有一個斷裂了，該怎做才好呢？

店家：すみませんが、写真を撮って、メールで弊
　　　社に送って頂けませんか？
　　　不好意思，能否拍照傳送給我公司呢？

顧客：いいですよ。
　　　好的。

店家：まず写真で判断させて頂きます。
　　　請讓我先用照片判斷。

顧客：メール送りましたが、届きましたか？
　　　我已經發過去了，有收到嗎？

店家：はい、届きました。このような壊れは運送
　　　の不注意で、発生させたと思います。
　　　申し訳ございませんが、注文番号を教
　　　えてお願いします。
　　　有收到了，這樣的斷裂應該是運送中不小心
　　　的，非常抱歉，請告訴我訂單號碼。

顧客：番号は１５２２です。
　　　號碼是1522。

店家：割れた 商 品を返 却 頂けませんか？
　　　こちらはすぐ一個を送るよう、手配します。

能否把斷裂商品寄回呢？我會盡快寄一個給

您。

　　　返 却 の輸送費は敝社は負担となります。
　　　着 払いで結 構です。

寄回的運費由我公司負責，到付就可以。

顧客：わかりました。明日、宅 急 便で返送し

ます。

知道了，明天會用宅急便寄回去。

店家：お手数かけまして、すみません。届きました

ら、翌日に新 品を送りします。

麻煩您了！收到後，隔天會把新品寄給您。

顧客：新品を送る時、また送り 状 番号を教え

てください。

寄新品時，請告訴我提單號碼。

店家：はい、わかりました。

好的，我知道了。

第二章　商務參考例句

- きょうは気持ちのいいお天気ですね。
  今天是個讓人心情愉悅的好天氣。

- きょうは本当に暑い（寒い）ですね。
  今天的天氣好熱（冷）啊。

- 天気予報では、あしたも雨のようですよ。
  氣象報告說明天還是下雨天。

- ご親切にありがとうございました。
  謝謝您的好意。

- 申し訳ありません。
  非常抱歉。

- 大変お世話になりました。
  非常謝謝您的照顧。

- どういたしまして。
  不用客氣。

- 鈴木さんのおかげで、助かりました。
  多虧鈴木先生，幫了我很大的忙。

- そうしてもらえると、助かります。
  你如果做這樣的安排，就好辦多了。

- 先日はごちそうになりました。
  上次真謝謝您的款待。

- お出迎えいただき、ありがとうございます。
  謝謝您前來迎接。

- 本日は遠いところを、わざわざお越しください
  まして……。
  謝謝您今天大老遠特別趕來。

- 初めまして。李と言います。どうぞよろしくお願
  いいたします。
  初次見面，我姓李，請多多關照。

- 本日からこちらでお世話になります張　文明と
  申します。
  今後請多多照顧，我是張文明。

- 御社を担当させていただくことになりました林と申します。

  我姓林，很榮幸負責貴公司的業務。

- この後、どのようにすればよろしいでしょうか？

  之後，該怎麼做好呢？

- もう一度、教えてくださいませんか？

  請再教我一次好嗎？

- もう少しゆっくり話してもらえませんか？

  請再說慢一點好嗎？

- ずっと営業マンとしてがんばってまいりました。

  我一直是做營銷員的。

- 簡単に自己紹介をさせていただきます。

  請允許我簡單地做一下自我介紹。

- 全力をあげて仕事に取り組みたい。

  我想全心的投入工作中。

- その間、多くの優れた先輩同僚の指導を得ることができ。

  在這期間，我得到許多優秀前輩同事的指導。

- まだ自信も技量もありません。
  既缺乏自信也沒有技巧。

- 皆さんとお会いできて、ほんとうに嬉しいです。
  能夠見到各位，非常的高興。

- ご迷惑をおかけし、申し訳ございませんでした。
  給大家添麻煩，非常抱歉。

- 今後のご活躍とご健勝をお祈り申し上げます。
  謹祝今後工作順利，身體健康。

- 未曽有の金融危機に直面しているけれども。
  雖然面臨空前的金融危機。

- 皆さんの一致団結によって乗り越えられると確信しております。
  我確信只要大家團結一致，必能度過難關。

- 辛くも通してきたつもりであります。
  我覺得即使艱辛，也一直這麼做過來。

- 会社の関係者とともに喜びを分かち合った。
  和公司的有關員工一起分享快樂。

- 今後、精進してまいりたいと思います。
  今後我會專心致志地鑽研下去。

- 皆さんに様々なに協力をお願いすることも
  あるかと思いますが。
  我想或許會請大家給予多方的協助。

- ここに感謝を述べたいと思います。
  我想在此表示感謝之意。

- 細心の工夫が求められます。
  需要精益求精。

- 意図するところを十分に汲み。
  十分理解其意圖。

- ほんとうによくがんばりましたね。
  確實做得很好。

- 千里の道も一歩より始まる。
  千里之行始於足下。

- ガッツで乗り越えてくれるものと信じています。
  我相信憑借勇氣會一躍而過。

- 前途のご多幸を心からお祈り申し上げます。
  衷心祝您前途無量。

- これは長年の血と汗の賜物です。
  這是以長年的血汗換來的。

- 自分のことのようにうれしく。
  就像自己的事情一樣高興。

- 肝に銘じていれば。
  刻骨銘心的話。

- いっしょに頑張りましょう。
  讓我們一起努力吧。

- 喜んでいただければ幸いと思います。
  您能滿意，我將非常高興。

- 変わらぬ協力関係を確かめ合う。
  共敘我們經久不變的合作關係。

- 友愛の情誼を深めていきたいと念願しております。
  殷切地企盼不斷地加深我們的友好情誼。

- 専門的な知識、技能の修得が何よりも重要です。

  具有專業知識和技能，比什麼都重要。

- その答えをじっくり探し考えていく。

  認真地思考探尋該答案。

- 新しい環境にもだいぶなじまれたことでしょう？

  大概能適應新的環境了吧？

- 現在の一瞬をどのように過ごすか？

  應該如何去度過現在的每一瞬間？

- 夢と希望に満ちあふれているに違いありません。

  一定在心中充滿了理想和希望。

- 地域で幅広く活躍している。

  在地方上大展鴻圖。

- そのことが成長のたくわえにもなります。

  這可以成為成長的積累。

- お招きいただきまして。

  有幸獲得邀請。

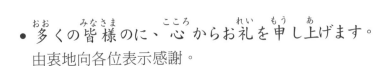

- 多くの皆様のに、心からお礼を申し上げます。
  由衷地向各位表示感謝。

- 優れた成果を挙げてこられました。
  取得了豐碩的成果。

- 共通問題の解決のために。
  為了解決共同的問題。

- わたしどものかねてからの念願であり。
  是我們的夙願。

- 誠に喜びに堪えません。
  不勝鼓舞（歡心）。

- いっそうの発展のために。
  為了進一步的發展。

- いただいた資料を大切に保管し充分に活用させていただき。
  您給的資料，我們會好好保管，並且充分的利用。

- 至らないことばかりでしたが。
  有很多不足的地方。

- ご要望ご意見などございましたら、是非ご遠慮なくおっしゃってください。

如果有什麼要求和意見，請務必提出來。

- 報告させていただきます。

請允我做一下彙報。

- 一部の課題は継続中です。

有一部分課題還沒解決。

- 審議時間の節約のためにも。

即時為了節省審議的時間。

- あまり各分野の慣例を重視しすぎて。

過份重視各領域的慣例。

- 多少ややこしくても仕方ないかもしれません。

或許多少麻煩一點，也是莫可奈何。

- 具体的な修正箇所のご指摘と修正案の提示をいただければ幸いです。

能指出具體的修改地方和提案修改方案，不勝榮幸。

- 数々の業績を挙げられました。

取得了種種的業績。

- あらゆる問題に真正面から取り組み。
  不會回避任何問題。

- 今後必ず限りなく実りをもたらし。
  今後一定會開花結果。

- 中國語には、水を飲むものは井戸を掘った人の苦労を忘れてはならないということげがあります。
  中國有句俗話說：「喝水不忘挖井人。」

- ほんとうとは信じがたい次第でございます。
  無法相信這是事實。

- 私にとって、とても良い経験になりました。
  對我來說是一段美好的經歷。

- 心地よい気分にもなりました。
  也有讓人心情愉悅的一面。

- 心の底から思うようになりました。
  切身的感受到。

- 期待と不安を抱えたまま。
  懷著期待和忐忑不安的心情。

- 今後どのような形であれ、役に立てていきたいと思います。

  今後不管什麼方式，我想讓它發揮作用。

- ところが、実際のところ短い期間だと感じました。

  然而，實際上卻感到時間很短。

- 一期一会を大切にしないといけない。

  要珍惜一生僅此一次的機會。

- 温かさ触れました。

  接觸到人的溫馨。

- 皆なが温かくしてくれて、本当に嬉しかったです。

  大家對我無微不至，使我高興異常。

- まとまりがありませんけれども。

  雖然說得有些凌亂。

- すぐに安心することができました。

  馬上就放心了。

- 後悔しないように生きていきたいと思います。
  不後悔此生。

- 計画通りとは行かないかもしれませんが。
  或許事情不能盡遂人意。

- 計画は予定で、予定は未定ですけれど。
  計劃雖然是預計的，但預計是未定的。

- そこには三つの特徴がありました。
  這裡面有三大特徵。

- まわりと意思疎通ができない。
  不能和周邊的人進行理念溝通。

- 大きなプレッシャーとなります。
  會成為很大的壓力。

- 二度と巻き戻しことができない。
  不能再重複第二次。

- けっして容易なことではありません。
  絕非易事。

- 一言で言えば。
  如果用一句話來說。

- 最大の利点は継続性をもてることだと思います。

  我認為最大的好處是具有持續性。

- 個人の利益を追求しない。

  不追求個人利益。

- 私の中に疑問が一つ浮かび上がってきました。

  我心中有一個疑問。

- 研究によって明らかになっています。

  經研究後，已經很明確了。

- 科学文明の発達した現在。

  在科學文明發達的今天。

- 高度な技術を手に入れた人類です。

  掌握了高科技的人類。

- 大きなショックを受けました。

  受到很大的衝擊。

- まさに一石二鳥です。

  正是一箭雙雕。

- 固定的概念がまだ根強く残っている。
  傳統觀念仍然根深蒂固。

- 原油や穀物の価格が高騰、株価は暴落し。
  原油、糧食的價格飛漲，股價大跌。

- 景気が回復しているか不明です。
  能否恢復景氣還不明朗。

- グローバル時代ということがよく言われますが。
  雖然人們經常論及全球化時代這個話題。

- 製品の多様化や新しい技術の開発にご尽力され。
  為產品的多樣化和開發新技術盡力。

- 普通の会社と異なる点が一つあります。
  有一點和普通的公司不同。

- パソコンヤワープロで簡単に文書が出来てしまう。
  用電腦或文字處理機就能簡單地把文章打出來。

- 携帯電話のボタン一つで誰かと繋がることができます。
  只要用手機的按鈕一按，就可接通任何人。

- 科学は日々進化し続けている。
  科學日新月異的發展。

- 信奉しすぎることや誤解されることなく。
  既不妄信也不誤解。

- さまざまなことにチャレンジしてきました。
  挑戰過各種事情。

- 賛同してくれる人が次第に集まり。
  贊同我們的人不斷增加。

- 改めて知ることができました。
  再次領略到。

- 商売を売るのは初めてです。
  這是我第一次賣東西。

- 無事完売する事ができました。
  順利地把它賣完了。

- イエスと答えることはできません。
  我不能回答 YES。

- 早急に見積り書を出していただきたいんです
  が……。
  希望你們快點提供報價單。

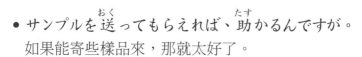

- サンプルを送ってもらえれば、助かるんですが。
  如果能寄些樣品來，那就太好了。

- 納期を早くしてもらえませんか？
  你們可以提前交貨嗎？

- そこを何とかお願いします。
  還請你想想辦法。

- 何もなければ喜んでお引き受けするんですが…。
  如果沒有問題，我很樂意接受……。

- 会議の議事録を見せていただいてもよろしいですか？
  可以讓我看一下會議記錄嗎？

- この資料あしたまで貸してもらえたら、うれしいんだけど。
  這份資料如果能借到明天，是最好了。

- この件は直接、木村さんに話してもかまいませんか？
  這件事可以直接和木村先生講嗎？

- 申し訳ないんですが、ちょっと無理ですね。
  對不起，有點困難。

- よろしかったら、ごいっしょにお食事でもいかがですか？

  一起去吃頓飯怎麼樣？

- もしご都合がよろしければ、ご出席いただきたいと思いまして。

  您如果方便，想請您出席。

- 今晩何か予定がありますか？

  今晚有什麼安排嗎？

- 残念ですが、今日はちょっと都合が悪いんですよ。

  很抱歉，今天有點不方便。

- 申し訳ありませんが、また次の機会にお願いします。

  這次雖然很抱歉，但下次還要邀請我喔！

- もっといろいろとお話しをお聞きしたいのですが5時には会社に戻らないといけませんので、今日はこれで失礼いたします。

  雖然很想再多聽您的高見，但是5點前我必須回公司，今天只好先走一步。

- お休みの時間に申し訳ございません。
  對不起，在午休時打擾您了。

- お待たせいたしました。台北 商事営 業 部です。
  讓您久等了，這裡是台北商事營業部。

- いつごろお戻りになりますか？
  大約什麼時候回來？

- ただ今、担当者に代わりますので、少 々お待ちくださいませ。
  請稍等，馬上為您轉接業務承辦者。

- 申し訳ありません、あいにく王さんは他の電話に出ておりますが……。
  很抱歉，王先生正在接電話。

- 恐れ入りますが、お電話が少 々 遠いんですが……。
  對不起，電話有點不清楚。

- すみません。ちょっとお声が遠いんですが……携 帯の電波が悪いようですね。
  對不起，聲音有點不清楚。手機信號不是很好。

- それでは恐れ入りますが、伝言お願いできますか？

  不好意思，能不能幫忙傳個話呢？

- 折り返しお電話いただけるとありがたいんですが。

  謝謝您，讓他能給我回個電話。

- 何か伝言がございましたら、お伝えいたしますが。

  有什麼口信，我可以代為轉達。

- 私でよければ、ご用件を承りましょうか？

  能不能告訴我您有什麼事情嗎？

- 念のため、お名前をもう一度お願いできますか？

  為了以防萬一，請您再告訴我您的名字。

- 今出先からなので、携帯のほうへお電話いただけますか？

  我現在在外面，能否請他打我的手機呢？

- 御社のご都合に合わせますので、いつごろがよろしいでしょうか？

  我會配合貴公司的時間，請問什麼時候比較方便？

149

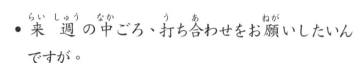

- 来週の中ごろ、打ち合わせをお願いしたいんですが。

  下週之間想和您碰面協商。

- それでは、3日の何時ごろがよろしいでしょうか。

  那麼，您看3號幾點鐘較方便。

- それでは、3時にいつもの会議室にいらしていただけますか？

  那麼，請您3點鐘到常去的會議室好嗎？

- 午後は外出しておりますので、できましたら午前中にお願いできないでしょうか？

  下午我要外出，能不能麻煩您安排在上午好嗎？

- 交通事故のため、30分ほど遅れそうですが、お待ちいただけますでしょうか？

  由於交通事故，可能要晚30分鐘，您能等我嗎？

- ええ、4時まで予定は入っていませんから、大丈夫ですよ。気をつけてお越し下さい。

  好，沒關係，我4點之前沒有其他預約。您來時路上小心。

- 誠に申し訳ないんですが、先日のお約束の日を変更していただけると、助かるんですが……。

  實在抱歉，之前預約的時間不知能否改動呢？

- 突然伺いまして恐れ入ります。お約束はないのですが、田中様がおいででしたら、お目にかかりたいのですが……。

  突然來訪實在不好意思。雖然沒有預約，但如果田中先生在，很想拜訪他。

- いらっしゃいませ。どちら様でしょうか？

  歡迎光臨，請問您是哪位？

- 中村様でいらっしゃいますね。お待ちしておりました。ご案内いたします。こちらへどうぞ。

  中村先生吧。恭候您多時了，我來帶路，這邊請。

- 小林はただ今参りますので、こちらで少々お待ちいただけますか。

  小林先生馬上就來，請您在這裡稍候片刻。

- お忙しいところ、突然伺いまして申し訳ございません。

  在您忙的時候突然造訪，非常抱歉。

- お忙しいところ、ご来社いただき、ありがとうございました。

  非常感謝您在百忙之中光臨本公司。

- これ大した物ではありませんが、みなさんでどうぞ。

  一點小東西，請大家嚐嚐。

- 本日は貴重なお時間を頂き、ありがとうございました。これをご縁に今後ともよろしくお願いいたします。

  今天承蒙在百忙之中接待，非常感謝。借此機會，今後也請多多關照。

- 本日は、ご依頼のサンプルと新商品をいくつかお持ちいたしました。ご覧いただけますでしょうか？

  今天我帶來一些樣品和新產品，可以請您過目嗎？

- ええ、新商品のサンプルは、しばらく預かっても構いませんか？

  好的，新產品的樣品暫時先放這裡沒關係吧？

- サンプルは差し上げますので、どうぞ。

  樣品是送給貴公司的，請笑納。

- 取り寄せておりますご依頼のサンプルですが、先方から連絡がありまして、予定より4日ほど延びるということです。

  您要的樣品，對方連絡說，比計畫日延期4天。

- お電話では何ですから、お目にかかってご相談したいのですが。

  在電話裡不太方便，想當面和您商談。

- この敝社の新製品は非常に注目されておりますので、売行きは大いに期待できます。

  敝公司的這款新產品已經受到各方矚目，銷路應該會很好。

- 商品カタログと見本を無料で送っていただくことは可能でしょうか？

  商品目錄和樣品，可以免費寄給我們嗎？

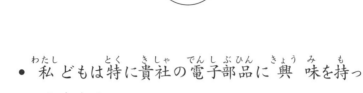

- 私どもは特に貴社の電子部品に興味を持っております。

  我們對貴公司的電子零件產品非常有興趣。

- 見積り価格はUSドルで提出していただけますか。

  請以美金提交報價。

- 先日お出した見積の件につきまして、いかがと思いまして。

  想問一下前幾天提交的報價怎麼樣了。

- 大量注文した場合、どれくらいの割引をしてくださいますか？

  請問大批訂購會有多少折扣呢？

- 上の者と再度検討してみますので、もう少しお時間をいただけないでしょうか。

  我要與上司再研究一下，能否再給一點時間。

- 上の者ともよく検討した結果、残念ですが、今回の件に関しては見送りということにさせてください。

  與上司研究後，很遺憾，請將這次的事情先擱置。

- 今日請求書が届いたんですが、全然値引き
  されていないようなんですが。どうなっているん
  でしょうか？

  今天收到了付款通知單，似乎一點也沒降價，是怎
  麼回事呢？

- その原因についてもう少し詳しく説明してい
  ただけませんか。

  關於其中原因，能不能再詳細說明一下。

- 時間をかけて詳しいマーケットリサーチをしたほ
  うがいいのではないかと思います。

  我想再花時間進行詳細的市場調查會更好。

- 今年度の売り上げは昨年度に比べてかなり落ち
  込んでいます。

  今年的銷售額比去年的銷售額降了很多。

- きょうは当社が先進技術を導入して開発
  いたしました新機種のご案内に伺いました。

  今天來向貴公司介紹我公司引進先進技術而開發成
  功的新機型。

- 御社は当社のどのような製品に興味をお持
ちでしょうか？
請問貴公司對本公司的哪些產品有興趣？

- すぐにそちらに参りまして善処いたします。
立刻去您那裡妥善處理此事。

- この企画について何かご意見がございますか。
關於這個計畫，大家有沒有什麼意見。

- 値下げ開始のタイミングの計算ミスをしていた
ため。
由於開始降價的時機沒有算準。

- その新しいプロジェクトについて、少し質問
させていただいてもよろしいでしょうか？
我可以就那個新項目提幾個問題嗎？

- 本日はお忙しいところをわざわざお越しいただ
き、ありがとうございました。今後ともどうぞよ
ろしくお願いたします。
謝謝您今天百忙之中專程來訪。今後也請多多關照。

- 他社製品よりも低価格になって設定している
ことが、この製品の最大のセールスポイントで
もあります。

  與其他公司的產品相比，價格更低廉，這也是此產
  品的最大賣點。

- この製品は御社のニーズに合った性能を満た
していると確信しております。自信を持って、
この製品をおすすめいたします。

  相信這款產品在性能上可以滿足貴公司的各項要求。
  我們有信心向您推薦這產品。

- 当社のすべての製品は、国際標準規格
であるISO規格の認定を取得しておりますの
で、品質に関しましてはご満足いただけると思
います。

  我公司的產品都已獲得國際標準ISO認證，在品質
  方面一定能讓您滿意。

- 御社としては、どのくらいの線をお考えなんでしょうか。率直なところをお聞かせいただけませんか。

  貴公司的心理價位是多少呢？不妨直言。

- 大量注文をした場合は安くなりますか。たとえば5千個購入した場合、何%のディスカウントが可能でしょうか？

  如果大量訂購，可以便宜些嗎？比如買 5,000 個可以打幾折？

- それではご検討いただきまして、できましたら近日中にご返答をお願いしたいのですが。

  希望貴公司討論之後，在近日內給我們答覆。

- ありがとうございます。それではご注文を承ります。まず、商品名と型番号をお願いできすでしょうか。

  謝謝您訂購我們的產品，訂單已接受了。請先告知商品名稱和型號。

- 梱包は強化段ボールを使用してください。それから水に溺い製品なので、湿気対策を施したパッキング方法でお願いします。

包裝時請使用加固過的紙箱。另外，該產品不耐水，請注意防水措施。

- その商品は大変な人気商品で、在庫が一切ございません。現在、入荷のめどがたっていない状況です。

該商品十分搶手，已經沒有庫存了。目前還不知道何時可以到貨。

- 税関に申告書を提出しますので、インボイスとパッキングリストを早急にEMSで送っていただけませんか。

我們會向海關提交申報書，煩請儘快將商業發票和裝箱明細以EMS形式發送給我們。

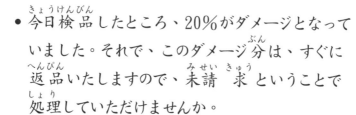

- 今日検品^{きょうけんぴん}したところ、20％がダメージとなっていました。それで、このダメージ分^{ぶん}は、すぐに返品^{へんぴん}いたしますので、未請求^{みせいきゅう}ということで処理^{しょり}していただけませんか。

  今天檢查商品時，發現有 20％損壞。這些損壞的部分，將立刻以退貨處理，就當我們沒有訂過這部分貨。

- 今後^{こんご}、このようなミスのないように徹底^{てってい}いたしますので……。

  今後我們一定會注意，不會讓錯誤再次發生。

- 残念^{ざんねん}ながら、現品^{げんぴん}を分析^{ぶんせき}した結果^{けっか}、質^{しつ}も規格^{きかく}も不合格^{ふごうかく}となりました。これは明^{あき}らかに契約違反^{けいやくいはん}で、違約金^{いやくきん}が発生^{はっせい}することになると思^{おも}います。

  很遺憾，實物分析的結果顯示該產品的品質和規格都不合格。這明顯違反了合約規定，是需要支付違約金的。

- 今日が期日だったはずですが、ご入金がまだのようです。一か月というお約束でお待ちしたのですが、当社としましては、これ以上は待てません。

  今天是付款最後期限，但款項還沒有收到，按照約定，已經等一個月，這是我們的極限，不能再等了。

- それは大変申し訳ございません。経理上の手違いだと思います。早急に経理担当者に指示いたしまして、今日明日中には振り込まていただきます。

  實在對不起，是管理上疏忽了。我們會儘快催促財務負責人，今明兩天內將款項匯到。

- 確かにそうですね。課長のおっしゃる通りだと思います。B社と提携すれば、さらに販売ルートが拡張できるはずです。

  的確如此，科長說得對。若與B公司合作，銷售通路應該能進一步拓寬。

- そのやり方だと時間もコストも当初の予定より大幅にかかってしまいますから。

  那樣做的話，不管時間或成本都會大大超過原計畫。

- 全体的なシェアを取り戻すために、斬新なデザインと優れた機能性を打ち出すことによって、若者にアピールすることが大切です。

  要挽回整體的市場，最重要的就是推出新理念、性能好的產品，吸引年輕消費者。

- 御社は有名で一流企業です。福利厚生や給料も他社より優れています。

  貴公司是有名的一流企業，福利待遇、薪資都比其他公司優渥。

- 技術者は仕事から学び、成長していくものだと思います。困難な仕事をやり遂げたときは、達成感があり気持ちがよいものです。

  我認為技術人員要在工作中不斷學習、成長。當完成一項困難的工作時，會很有成就感，心情愉快。

- 高い車をおすすめするのではなく、お客様の視点に立ってご相談にのると、ご成約いただけることがよくありました。

  不是一味推銷貴的車子，而是站在顧客的角度與他商量，這樣一來就往往能談成交易。

- ご無理をお聞き届けいただき、誠に恐縮に存じます。

  提出不合理的要求硬要您接受，實在抱歉。

- 約束した以上、なるべく守るべきです。

  既然約好了就必須遵守。

- パンフレットとかタログをファックスしていただけませんでしょうか？

  能將宣傳手冊和商品目錄傳真給我嗎？

- この法律は国内の人々と外国人を問わず、等しく適用される。

  這個法律，無論對國內的人還是外國人都適用。

- 先方からは矢のような催促が来ているんですが。

  對方現在催得很緊。

- 何度も恐縮なのですが。
  屢次催您，真不好意思。

- なるべく早く原因を確かめ、ご報告いたします。
  我們會儘快調查清楚原因後向您回報。

- あれだけ努力にもかかわらず、やはり失敗に終ってしまった。
  雖然很努力，但仍然以失敗告終。

- 二度とこのようなことのないよう注意いたします。
  一定注意絕不再出現類似問題。

- 誠に申し訳ごいません。早速調べてみますので、しばらくお時間をいただきますか。
  真對不起，立刻就給您查，請稍候片刻。

- 今年は不況だとは言え、就職率がこんなに低いのは問題だ。
  今年雖然經濟不景氣，但就業率這麼低，是不正常的。

- どうかお気遣いのないようにお願いいたします。

  請不必費心。

- 異存はございません。

  沒有異議。

- この件に関しては、今回限りということで。

  對這件事來說，下不為例。

- ご無理をおっしゃらないでください。

  請不要強人所難。

- 氷山の一角に過ぎない。

  這只不過是冰山一角。

- 会社からの依頼で、私が皆様方と具体的な
  商談を進めることになりました。

  公司委託我和你們具體洽談業務。

- そのモデルは現在、生産中止となっており
  まして、来月早々には新しい機種が出る予
  定です。

  這模型目前已停止生產了，預計下月初就會推出新
  的機種。

- 悪いんですが、データの整理を手伝ってもらえませんか？

  不好意思，能幫我整理一下資料嗎？

- 実は今日、心ばかりのお中秋をお送りしましたので、お納めください。

  今天給您寄去了中秋節禮物，略表心意，請笑納。

- 大したものではございませんから、どうぞお受け取りください。

  不是什麼貴重東西，請您接受。

- 先日はたいへん結構なものをいただきありがとう。

  前幾天收到這麼好的禮物，非常感謝。

- 計画の変更でその分費用がかさむ。

  由於計畫改變，那部分的費用要增加。

- 要するに君の責任だ。

  總的來說是你的責任。

- 経済高度成長につれて、人間関係を薄めているような気がします。

  隨著經濟的快速發展，人際關係也淡化了。

- 行くか行かないかは明日の元気によって決める。

  去或不去，根據明天的天氣來決定。

- これは××のカタログとサンプルですが、ご参考までに差し上げましょう。

  這是××的目錄和樣品送給你們，請作參考吧。

- これはFOB かCIF の価格ですか？

  這是 FOB 還是 CIF 的價格呢？

- 品質はこちらが間違いなく引き受けます。

  品質方面我們絕對保證。

- 材料が値上げしていますから、そうなったのですが。

  因為材料漲價，所以才那樣。

- こちらでは今大量に生産されていますので、，いくらでも提供できます。

  現在我們這裡大批生產，可以大量供應。

- ご希望の通り製作いたします。

  可照你們希望的來製造。

- 貴重なご意見をありがとうございました。
  感謝您的寶貴意見。

- ご注文を期待いたします。
  期待你們的訂購。

- 納期はいつですか？
  交貨日期在何時？

- LCはすぐ送ってください。
  請馬上寄信用狀來。

- 只今手持がございませんので、提供できません。
  現在沒有存貨，不能供應。

- 喜んでご注文を受けいたします。
  高興地接受你們的訂貨。

- 先日お話しました価格はファーム・オッファーとして出しましたので値引できません。
  前幾天報的是實價，因此不能降價。

- いまこの価格は高くありません。
  現在這價錢不算貴。

- プライスリストをごらん下さい。
  請看價格表。

- では三パーセント安くしましょう。
  那麼便宜 3% 吧。

- いつもお世話になります、ありがとうございます。
  感謝貴公司關照。

- ××のカタログと關係資料を至急送って
  くださるように連絡して下さいませんか。
  請你聯絡一下，快將××的目錄和有關資料寄給
  我們。

- 先日頂いた××のサンプルに非常に興
  味を持っております。
  我們對於前幾天收到的××樣品很感興趣。

- これから大量注文したいと思います。
  今後想大量訂購。

- 値引できるでしょうか。
  是否可以減低價格。

- 米ドルで決算することになっています。
  規定用美元結算。

- 支払い方法を至急決定して下さい。
  請急速決定付款方法。

- 保険はこちらで処理いたします。
  保險由我們自己辦理。

- 船積みは何日になりますか、お知らせ下さい。
  請告訴我們裝船的日期。

- ご希望の通り船積み地を××港に決定しました。
  按照你們的希望，把裝船港口安排在××港。

- 3パーセントのコッミションがはいっています。
  裡面包括 3%的佣金。

- 今後ともご指導ください。
  今後也請多多指導。

第三章　慣用商務用語

こくさい しょう む
国際 商 務
國際商務

きんり
金利
利率

クレーム
客訴

みつも
見積り
報價

にゅう さつ
入 札
投標

がいこくし じょう
外 国 市 場
外國市場

げんか
原価
成本、進貨價格

あらりえき
粗利益
毛利

げんさんち
原 産 地
出産地

プロジェクト
項目

ゆ しゅつ
輸 出
輸出、出口

ゆ りゅう
輸 入
輸入、進口

ゆうち
誘致
招攬

ぼうえき
貿易
貿易

在庫品 ざいこひん
存貨、庫存

契約 けいやく
契約、合同

価格表 かがくひょう
價錢表

解約 かいやく
解約，解除合同

慣行 かんこう
慣例，常規做法

ブランド
品牌

関税 かんぜい
關稅

もどし税 ぜい
退稅

サンプル
樣品

税率 ぜいりつ
稅率

税込 ぜいこみ
包括稅款在內

税関 ぜいかん
海關

LC エルシ
信用狀

L／Cを改正する エル シ かいせい
修改信用狀

信用状開設通知 しんようじょうかいせつうち
開證通知

決済通貨 けっさいつうか
結匯貨幣，支付貨幣

海上保険 かいじょうほけん
海上保險

船荷証券 ふなにしょうけん
B／L 裝船提單

とりけし
取消

取消

にかわせしんようじょう
荷為替信用 状

押匯信用狀

ふなづ
船積み

裝船

FOB 条 件
じょう けん

船上交貨後，其之後費用
為買方負責之貿易條件

CIF 条 件
じょう けん

保險和到港的運費由賣
方負責之貿易條件。

CFR

成本加運費的價格

D/P

付款交單方式

こんぼう
梱包

包裝

ふりこみ
振込

匯款

にゅう きん
入 金

入款

だい きん
代 金

貨款

だい しょう
代 償

賠償

だい り てん
代理店

代理商

とりひき
取引

交易

しょう かい
照 会

詢問、函詢

しょう ごう
照 合

對照、核對

りょう しゅう しょ
領 収 書

收據

173

値上（ねあ）げ
漲價

価格競争（かがくきょうそう）
價格競爭

ベストプライス
最合適的價格

コストを割（わ）る
虧本

値下（ねさ）げ
降價

値段（ねだん）
價格、行市

値幅（ねはば）
漲落的幅度、商品差價

プレゼンテーション
展示會

取引銀行（とりひきぎんこう）
交易銀行

手形（てがた）
票據

分割払（ぶんかつはらい）
分期付款

延払（のべはらい）
延期付款

印紙税（いんしぜい）
印花稅

税関申告書（ぜいかんしんこくしょ）
稅關申報書

申告納税額（しんこくのうぜいがく）
申報納稅額

バイヤ
購買者

マーケット・リサーチ
市場調查

インボイズ
裝貨清單，商業發票 Invoice

かわせ
為替レート
匯兌

ゆにゅう せいげん
輸入制限
限制進口

ふなづ しょるい
船積み書類
裝船證件

しなぎれ
品切
賣光

しなうす
品薄
缺貨

し はらい にん
支払人
支付人

てすう りょう
手数料
手續費、佣金

ゆ しゅつ て つづき
輸出手続
出口手續

ほうそうほうほう
包装方法
包裝方法

ふなびん
船便
海運郵寄

そくたつ
速達
快遞

はっそん
破損
損壞

しゅっこ たんとう
出庫担当
發貨負責人

じゅちゅうせいさん
受注生産
接單生產

ちゅう もん う
注文を受ける
接受訂單

ちゅう もん ひ う
注文を引き受ける
承接訂單

ちゅう もんさっとう
注文殺到
收到大量訂單

ちゅう もん
注文をキャンセルする
取消訂單

荷主<ruby>に<rt></rt></ruby>

にぬし
荷主
貨主

にうけにん
荷受人
收貨人

ちゃくばらい
着払い
到付

げんさんちしょうめいしょ
原産地証明書
原産地證明書

とりけしかのうしんようじょう
取消可能信用状
可取消信用狀

ちゅうもんしょ
注文書
訂貨單

ちゅうもんじょう
注文状
訂貨單

ぶんかつちゅうもん
分割注文
分批訂貨

さしねちゅうもん
指値注文
指定價格委託訂貨

なゆきかかくちゅうもん
成り行き価格　注文
隨市價訂貨

しいれすうりょう
仕入れ数　量
購量

トライアル・オーダー
試訂

ばいばい
売買
買賣

うりあげ
売上
銷售額

はんばいじっせき
販売実績
銷售實績

うりかけ
売掛
賒銷、賒出的貨款

しょうみ
正味
淨重、實數

へんぴん
返品
退貨

つくなお
作り直す
重新做

みつもりしょ
見積書
估價單

こんぽうたい
梱包代
包裝費

ほけんりょう
保険料
保險金

ケース
箱子

はそんほけん
破損保険
破損險

げんりょう
原料
原料

ほけんりょうわりもどし
保険料割戻
保險費回扣

うんちん
運賃
運費、票價

きかくそうい
規格相違
規格不同

つうかんてつづき
通関手続
通關手續

かわせてがた
為替手形
匯兌支票

そんがいばいしょう
損害賠償
賠償損害、賠償損失

りょうがえしょうめいしょ
両替証明書
兌換水單

しょうひんめいさいしょ
商品明細書
商品的詳細說明書

かいじょうほけん
海上保険
海上保險

ゆうこうきかん
有効期間
有效時期

うりて
賣方

<ruby>送<rt>おく</rt></ruby>り<ruby>状<rt>じょう</rt></ruby> 發貨單，提單	コストセーブ 節約成本
<ruby>違約<rt>いやく</rt></ruby> 違約	<ruby>支払日<rt>しはらいび</rt></ruby> 支付日期
<ruby>契約履行<rt>けいやくりこう</rt></ruby> 履行合約	サイクル 循環、週期
<ruby>品質不良<rt>ひんしつふりょう</rt></ruby> 品質不良	パスワード 帳號密碼
<ruby>督促状<rt>とくそくじょう</rt></ruby> 催促信	キャッシュ・カード 現金卡
<ruby>相場<rt>そうば</rt></ruby> 市價	クレジット・カード 信用卡
<ruby>倉庫渡<rt>そうこわた</rt></ruby>し 倉庫交貨	<ruby>一覧払<rt>いちらんはらい</rt></ruby> 即期匯票
<ruby>最低価格<rt>さいていかかく</rt></ruby> 最低價格	ユーザンス<ruby>手形<rt>てがた</rt></ruby> 遠期匯票
<ruby>指定価格<rt>していかかく</rt></ruby> 指定價格	<ruby>残高<rt>ざんだか</rt></ruby> 餘額、餘款

在庫過剰（ざいこかじょう）
存貨過多

在庫不足（ざいこふそく）
存貨不足

再注文（さいちゅうもん）
再訂貨

指値（さしね）
指定價格

小売店（こうりてん）
零售店

小切手（こぎって）
支票

小銭（こぜに）
零錢、小批資金

近日渡し（きんじつわたし）
短期交貨

現金ばらい（げんきん）
付現款

手形払（てがたはらい）
支票付款

手付金（てつけきん）
訂金

売掛金（うりかけきん）
應收帳款

商品市場（しょうひんしじょう）
商品市場

商品券（しょうひんけん）
商品券、禮券

共同海損（きょどうかいそん）
共同海損

アクセプト
接受訂購

一任する（いちにん）
完全委托

仕方がない（しかた）
沒辦法

デマレージ
運装費

コッピー
複印本

コスト
成本

保税貨物
保税貨物

保証人
保證人、擔保人

お客様
客人

取引先
客戶

ビジネスマン
商人，實業家

同業者
同業者，同行之間

市場価格
市場價

時価
時價

銀行電報為替
銀行電匯

払込資本の検証
驗資本

全危険担保
一切險

当座預金
活期存款

前払運賃
預付運費

追加保険料
附加保險費

普通送金為替
即期匯票

うんちんこみかかく
運賃込価格
價格加運費

ようせんけいやくしょ
傭船契約書
租船合同

ぜんかいそんふたんぽ
全海損不担保
全部海損不擔保

ゆうびんかわせ
郵便為替
信匯

かわせさそんえき
為替差損益
匯兌損益

たんどくかいそん
単独海損
單獨海損

ぜんそん
全損
全部海損

でんしんかわせ
電信為替
電匯

あてな
宛名
收件人姓名

かかくひょうきゆうびん
価格表記郵便
保價信函

りょうきんべつのうゆうびん
料金別納郵便
郵資另付郵件

インターネット
網路

みぶんしょうめいしょ
身分証明書
身分證

さしだしにん
差出人
寄件人名

いらい
依頼
委託

きょうよ
供与
供給、提供

ぎょうかい
業界
同業界、工商界

ぎょうしゅ
業種
工商業的種類、行業

181

システム	納金 のうきん
系統	付款、繳款
荷揚 にあげ	端末 たんまつ
御貨	終端
荷札 にふだ	パンフレット
貨籤	小冊子
問屋 とんや	ビジネス用 よう
批發商	商務用
販売網 はんばいもう	プライベート用 よう
販賣網	私人用
販路（売れ筋） はんろ　う　すじ	掲載事項 けいさいじこう
銷路	記載事項
得意先 とくいさき	宣伝 せんでん
顧客	宣傳
出港 しゅっこう	設立 せつりつ
船出港	設立、開設
納期 のうき	設定 せってい
交貨日期、交納期限	制定、擬定、設定

責任（せきにん）
職責、責任

責務（せきむ）
職責、任務

タイプ
類型

増益（ぞうえき）
増加收益、増加

恐れ入ります（おそれいります）
真對不起，實在不當

申し訳ない（もうしわけない）
實在抱歉，十分對不起

お手数ですが（おてすう）
麻煩您了

添いかねる（そ）
難以滿足

会社名（かいしゃめい）
公司名

契約（けいやく）
契約，合同

承知（しょうち）
同意，知道

電話応対（でんわおうたい）
電話應酬

電話を切る（でんわをきる）
掛電話

面と向かう（めんとむかう）
面對面

気を使う（きをつかう）
費心，留意

気をつける（き）
小心，留神

イメージ
印象，形象

マスターする
掌握

<ruby>頭<rt>あたま</rt></ruby>に<ruby>叩<rt>たた</rt></ruby>き<ruby>込<rt>こ</rt></ruby>む
熟記

ポイント
要點，關鍵

メモを<ruby>取<rt>と</rt></ruby>る
做記錄，做筆記

<ruby>繰<rt>く</rt></ruby>り<ruby>返<rt>かえ</rt></ruby>し
反覆，重複

<ruby>紛<rt>まぎ</rt></ruby>らわしい
容易混淆的

<ruby>要<rt>よう</rt></ruby>するに
總之，綜上所述

<ruby>聞<rt>き</rt></ruby>き<ruby>間違<rt>まちが</rt></ruby>い
聽錯

<ruby>電波<rt>でんぱ</rt></ruby>が<ruby>悪<rt>わる</rt></ruby>い
信號不好

<ruby>外線<rt>がいせん</rt></ruby>
外線

<ruby>内線<rt>ないせん</rt></ruby>
分機

ランキング
排列次序，排行榜

お<ruby>目<rt>め</rt></ruby>にかかる
見面，會面

お<ruby>見<rt>み</rt></ruby>えになる
來，光臨

<ruby>時間<rt>じかん</rt></ruby>を<ruby>取<rt>と</rt></ruby>る
抽空，費時

<ruby>重<rt>おも</rt></ruby>んじる
重視，注重

ポリシー
政策，原則

アイデア
構想

<ruby>心地<rt>ここち</rt></ruby>よい
愉快的，舒適的

勧める
勸說，勸告

連絡先
聯絡地址

具合
情況，狀況

メールアドレス
郵箱地址

気遣う
憂慮，擔心

QR コード
二維條碼

余裕を持つ
從容不迫

インターネットサービス
網路服務

キャンペーン
宣傳活動

オファー
開價，報盤

評価を上げる
提高評價

ご存知の通り
如您所知的

無難
平安，安全無事

省コスト
節省成本

無駄（台無し）
白費，徒勞

ビジネススキル
商務技巧

名刺交換
交換名片

生産コスト
生產成品

品質を比べる

比較品質

販売競争が激しい

銷售競爭激烈

消費者

消費者

条件を探る

探聽（對方的）條件

かけひき

外交手腕，策略

不確定要素

不確定因素

機械の壽命

機器的壽命

会話術

對話技巧

関わる

有關係

支離滅裂

支離破碎

好感度アップ

提升好感度

一生懸命

拼命

上手に話す

說得很棒

心と心の交わりを

交心

急がは回れ

欲速則不達

聞き苦しい

難聽的，不好聽的

言葉遣い

說法，措詞

言い切る

說完

若者言葉
<ruby>若<rt>わか</rt></ruby><ruby>者<rt>もの</rt></ruby><ruby>言<rt>こと</rt></ruby><ruby>葉<rt>ば</rt></ruby>
年輕人用語

<ruby>習<rt>なら</rt></ruby>うより<ruby>慣<rt>な</rt></ruby>れよ
熟能生巧

<ruby>出<rt>で</rt></ruby><ruby>会<rt>あ</rt></ruby>いを<ruby>大<rt>たい</rt></ruby><ruby>切<rt>せつ</rt></ruby>に
重視相遇

いちいち<ruby>構<rt>かま</rt></ruby>わない
不必在意

<ruby>約<rt>やく</rt></ruby><ruby>束<rt>そく</rt></ruby>を<ruby>守<rt>まも</rt></ruby>ります
堅守口頭約定

プライベート
隱私

マネジメント
管理層

<ruby>馴<rt>な</rt></ruby><ruby>染<rt>じ</rt></ruby>む
熟識，親密

<ruby>役<rt>やく</rt></ruby><ruby>職<rt>しょく</rt></ruby><ruby>自<rt>じ</rt></ruby><ruby>体<rt>たい</rt></ruby>
職務本身

<ruby>情<rt>じょう</rt></ruby><ruby>報<rt>ほう</rt></ruby><ruby>交<rt>こう</rt></ruby><ruby>換<rt>かん</rt></ruby>
交換訊息

ビジネスシーン
商務場面

<ruby>受<rt>う</rt></ruby>け<ruby>流<rt>なが</rt></ruby>す
應付了事

<ruby>筋<rt>すじ</rt></ruby><ruby>道<rt>みち</rt></ruby>を<ruby>立<rt>た</rt></ruby>てる
條理清晰

ダブルメリット
一石二鳥，雙重功效

マンネリイヒ
老套的

<ruby>言<rt>い</rt></ruby>い<ruby>過<rt>す</rt></ruby>ぎる
言過其實

<ruby>不<rt>ふ</rt></ruby><ruby>行<rt>ゆき</rt></ruby><ruby>届<rt>とど</rt></ruby>き
疏忽，不周到

お<ruby>詫<rt>わ</rt></ruby>び<ruby>状<rt>じょう</rt></ruby>
道歉信

<ruby>頭<rt>あたま</rt></ruby>に<ruby>入<rt>い</rt></ruby>れる
記在腦中

<ruby>興<rt>きょう</rt></ruby><ruby>味<rt>み</rt></ruby><ruby>深<rt>ぶか</rt></ruby>い
興趣濃厚

レーザーポインター
雷射筆

マイコン（マイコン・コンピューター）
微電腦

パソコン
個人電腦

ビデオディスプレー
CRT 圖像顯示器

スクリーン
螢幕

ホワイトボード
白板

<ruby>液<rt>えき</rt></ruby><ruby>晶<rt>しょう</rt></ruby>ディスプレイ
LCD 液晶顯示器

キーボード
鍵盤

マウス
滑鼠

フロッピー・ディスク
光碟

ファクシミリ
傳真機

タイムレコーダー
打卡機

<ruby>複<rt>ふく</rt></ruby><ruby>写<rt>しゃ</rt></ruby><ruby>機<rt>き</rt></ruby>
影印機

<ruby>高<rt>こう</rt></ruby><ruby>速<rt>そく</rt></ruby>カラーコピー<ruby>機<rt>き</rt></ruby>
高速彩色影印機

RSS
閱讀器

NTT
日本電信電話公司

<ruby>貿<rt>ぼう</rt></ruby><ruby>易<rt>えき</rt></ruby><ruby>摩<rt>ま</rt></ruby><ruby>擦<rt>さつ</rt></ruby>
貿易摩擦

シチズン
星辰錶

<ruby>貿<rt>ぼう</rt></ruby><ruby>易<rt>えき</rt></ruby><ruby>不<rt>ふ</rt></ruby><ruby>均<rt>きん</rt></ruby><ruby>衡<rt>こう</rt></ruby>
貿易不均衡

シャープ
聲寶、夏普

<ruby>流<rt>りゅう</rt></ruby><ruby>通<rt>つう</rt></ruby>システム
流通體系

パイオニア
先鋒

<ruby>生<rt>せい</rt></ruby><ruby>産<rt>さん</rt></ruby><ruby>者<rt>しゃ</rt></ruby><ruby>重<rt>じゅう</rt></ruby><ruby>視<rt>し</rt></ruby>
重視生産者

グループ<ruby>化<rt>か</rt></ruby>
集團化

<ruby>法<rt>ほう</rt></ruby><ruby>的<rt>てき</rt></ruby>な<ruby>手<rt>て</rt></ruby><ruby>続<rt>つづ</rt></ruby>き
法律上的程序

OJT
在職訓練

トラブル
糾紛

<ruby>貿<rt>ぼう</rt></ruby><ruby>易<rt>えき</rt></ruby><ruby>黒<rt>くろ</rt></ruby><ruby>字<rt>じ</rt></ruby>
貿易盈利

<ruby>仮<rt>かり</rt></ruby><ruby>契<rt>けい</rt></ruby><ruby>約<rt>やく</rt></ruby>
臨時合同

<ruby>集<rt>しゅう</rt></ruby><ruby>中<rt>ちゅう</rt></ruby><ruby>豪<rt>ごう</rt></ruby><ruby>雨<rt>う</rt></ruby><ruby>的<rt>てゆ</rt></ruby><ruby>輸<rt>しゅ</rt></ruby><ruby>出<rt>つ</rt></ruby>
比喻大量地出口

<ruby>人<rt>じん</rt></ruby><ruby>的<rt>てき</rt></ruby><ruby>不<rt>ふ</rt></ruby><ruby>可<rt>か</rt></ruby><ruby>抗<rt>こう</rt></ruby><ruby>力<rt>りょく</rt></ruby>
人力無法抗拒

<ruby>高<rt>こう</rt></ruby><ruby>付<rt>ふ</rt></ruby><ruby>加<rt>か</rt></ruby><ruby>価<rt>か</rt></ruby><ruby>値<rt>ち</rt></ruby><ruby>化<rt>か</rt></ruby>
高附加價值化

<ruby>在<rt>ざい</rt></ruby><ruby>宅<rt>たく</rt></ruby>ワーク
家庭辦公

プログラマー
程序設計者

サービス・プログラム
服務程序

スーパー・バイザー
管理程序

冗談
開玩笑

奥が深い
意義深遠

恥かしい
害羞

説得力
說服力

打ては響く
一拍即合

身の程を知る
謹守分寸

お金にとらわれない
不受金錢束縛

最後までやり抜く
堅持到底

本当に聞き上手です
真善解人意

好き嫌い
偏好

ストレスが溜まる
蓄積壓力

ストレスを解消する
排解壓力

第四章　主要進出口商品名稱

一、紡織品

衣料品（いりょうひん）
服装、衣料品

ごうせん
合成繊維

かせん
化學繊維

かシミア
喀什米爾羊毛

じんけんし
人造絲

スフ
人造棉

きじ（生地）
布料

木綿（もくめん）
棉

ナイロン
尼龍

あさ
麻

こんぼう
混紡

きぬ
絹

けおりもの
毛織物

きぬおりもの
絹織物

きいと
生絲

ブラジャー
乳罩

じゅんもう
純毛

エプロン
圍裙

ウール
羊毛

オーバーコート
大衣

オール・コットン
純棉

コート
外套

めりやす
衛生衣

ズボン
西裝褲

じゅ ばん
襦 袢
汗衫

せびろ
西裝

ブラウス
女上衣

ふじんふく
女裝

パジャマ
睡衣

ようそう
洋裝

スカート
裙子

ミニスカート
迷妳裙

ワンピース
連衣裙

ジャンパー
夾克

シャツ
襯衫

もうふ
毛毯

ネクタイ
領帶

て ぶくろ
手袋
手套

ぼうし
帽子

ストッキング
絲襪

タオル
毛巾

まくらかバー
枕巾

バスタオル
浴巾

みず ぎ
水着
游泳衣

レインコート
雨衣

ハンカチ
手帕

セータ
毛衣

チョッキ
背心

えりまき
圍巾

たん
短パンツ
短褲

パンツ
內褲

ベッドシーツ
床單

けんぷ
綢緞

まわた
絲棉

二、日用百貨

じてんしゃおよ　ぶぶんひん
自転車及び部分品
腳踏車及零件

じてんしゃ
自転車のチューブ
腳踏車內胎

じてんしゃ
自転車のタイヤ
腳踏車外胎

まほうびん
熱水瓶

しょっき
餐具

うでとけい
腕時計バンド

錶帶

スリッパー
拖鞋

とけいおよ　ぶぶんひん
時計及び部分品
鐘及零件

サングラス
太陽眼鏡

めがねレソズ
眼鏡片

めがね
眼鏡

ライター
打火機

チャック
拉鏈

こうすい
香水

かわぐつ
皮鞋

カワオーバ
皮衣

カワスーツ・ケース
皮箱

革ベルド
皮帶

革手袋
皮手套

かわさついれ
皮鈔票夾

ペン
鋼筆

えんぴつ
鉛筆

ボールペン
原子筆

計算机
計算機

タイプライター
打字機

プリンター
印表機

ポケットベル
呼叫器

インク
墨水

トランプ
撲克牌

コンパス
圓規

テニス
網球

フット・ボール・サッカー
足球

ピンポン・卓球
乒乓球・桌球

バスケットボール
籃球

ラケット
球拍

バレーボール
排球

スパイク
釘鞋

野球
棒球

スポーツくつ
運動鞋

サッカー
足球

スキー
滑雪板

バトミントン
羽毛球

ピアノ
鋼琴

ゴルフ
高爾夫球

オルガン
風琴

ボーリング
保齡球

チエロ
大提琴

ギター
吉他

サキフォーン
薩克司風

フルート
長笛

ビッコロ
短笛

ハーモニカ
口琴

かメラ
照相機

ひきのばしき
放大機

フラッシュ
閃光燈

フィルム
軟片

カメラのレンズ
照相機鏡頭

ラジオ
收音機

ビデオ
錄放影機

テープ・レコーダ
錄音機

ステレオ
立體音響

スピーカー
音箱・揚聲器

せんたくき
洗濯機
洗衣機

かんそうき
乾燥機
烘乾機

そうじき
掃除機
吸塵器

れいぞうこ
冷蔵庫
冰箱

せともの・とうじき
陶磁器

レコード
唱片

さら
盤子

でんきアイロン
電熨斗

ちゃわん
碗

でんき
電気ストーブ
電暖爐

さじ
匙

でんき
電気がま
電鍋

きゅうす
茶壺

スタンド
台燈

ちゃどうじ
茶具

せんぷうき
電扇

かびん
花瓶

けいこうとう
日光燈

うえきばち
花盆

でんきゅう
電燈泡

うるしさいし
漆器

しっぽうやき
景泰藍（七寶燒）

うでわ
鐲子

ネックレス
項鍊

ブローチ
飾針

ひすい
翡翠

めのう
瑪瑙

ぞうげぼり
象牙雕刻

びょうぶ
屏風

とうせいひん
藤製品

すずり
硯

ふで
毛筆

ひがさ
陽傘

折りたたみ傘
折傘

だいりせき
大理石

すいしょう
水晶

セメント
水泥

セフこう
石膏

こくえん
石墨

れんが
磚

ブルドーザー
推土機

ルビ
紅寶石

じどうしゃ
自動車
汽車

サファイヤ
藍寶石

ハンドル
方向盤

こうざい
鋼材
鋼鐵

バックミラー
後照鏡

こうはん
鋼板
鋼板

ヘットライト
大燈

どう
銅
銅

タイヤ
輪胎

こうさくきかい
工作母機（工作機械）

トラック
卡車

けんさくばん
刨床

オートバイ
摩托車

くっさくき
掘削機
挖土機

エンジン
引擎

ブレーキ
剎車器

りょくちゃ
綠茶

ジャスミンティー
香片

ココア
可可

だいず
大豆

こめ
米

ぎゅうにく
牛肉
牛肉

とりにく
鳥肉
雞肉

ぶたにく
豬肉

えび
蝦

かに
蟹

いか
烏賊

こい
鯉魚

こんぶ
海帶

のり
海苔

バナナ
香蕉

ライチ
荔枝

りゅうがん
龍眼

203

りんご
蘋果

なし
梨子

パィナップル
鳳梨

びわ
枇杷

パパイヤ
木瓜

くり
栗子

さくらんぼう
櫻桃

しゅんぎく
春菊
茼蒿

とんがらし
辣椒

キャベツ
高麗菜

たけのこ
竹筍

しょう こう しゅう
紹興酒
紹興酒

にほんしゅ
日本酒

うめ しゅう
梅酒
梅酒

ウィスキー
威士忌

三、誕生石的寶石名稱

ガーネット 柘榴石	ルビー 紅寶石
アメジスト 紫水晶	オパール 蛋白石
アクアマリン 藍玉	トルマリン 電氣石
ダイヤチント 金剛石	トパーズ 黃玉
エメラルド 緑柱石	トルコ石（いし） 土耳其石
パール（しんじゅ） 珍珠	ラピスラズリ 琉璃
ムーンストーン 月長石	マラカイト 孔雀石
サファイア 藍寶石	アンバー 琥珀

四、日本常見姓氏

1. <ruby>佐藤<rt>さとう</rt></ruby>
2. <ruby>鈴木<rt>すずき</rt></ruby>
3. <ruby>高橋<rt>たかはし</rt></ruby>
4. <ruby>田中<rt>たなか</rt></ruby>
5. <ruby>渡辺<rt>わたなべ</rt></ruby>
6. <ruby>伊藤<rt>いとう</rt></ruby>
7. <ruby>山本<rt>やまもと</rt></ruby>
8. <ruby>中村<rt>なかむら</rt></ruby>
9. <ruby>小林<rt>こばやし</rt></ruby>
10. <ruby>加藤<rt>かとう</rt></ruby>
11. <ruby>斉藤<rt>さいとう</rt></ruby>
12. <ruby>吉田<rt>よしだ</rt></ruby>
13. <ruby>山田<rt>やまだ</rt></ruby>

14. <ruby>佐々木<rt>ささき</rt></ruby>
15. <ruby>山口<rt>やまぐち</rt></ruby>
16. <ruby>松本<rt>まつもと</rt></ruby>
17. <ruby>井上<rt>いのうえ</rt></ruby>
18. <ruby>木村<rt>きむら</rt></ruby>
19. <ruby>林<rt>はやし</rt></ruby>
20. <ruby>清水<rt>しみず</rt></ruby>
21. <ruby>山崎<rt>やまざき</rt></ruby>
22. <ruby>池田<rt>いけだ</rt></ruby>
23. <ruby>山下<rt>やました</rt></ruby>
24. <ruby>中島<rt>なかじま</rt></ruby>
25. <ruby>安部<rt>あべ</rt></ruby>
26. <ruby>森<rt>もり</rt></ruby>

27. <ruby>橋本<rt>はしもと</rt></ruby>
28. <ruby>石川<rt>いしかわ</rt></ruby>
29. <ruby>前田<rt>まえだ</rt></ruby>
30. <ruby>小川<rt>おがわ</rt></ruby>
31. <ruby>藤田<rt>ふじた</rt></ruby>
32. <ruby>岡田<rt>おかだ</rt></ruby>
33. <ruby>後藤<rt>ごとう</rt></ruby>
34. <ruby>長谷川<rt>はせがわ</rt></ruby>
35. <ruby>近藤<rt>こんどう</rt></ruby>
36. <ruby>石井<rt>いしい</rt></ruby>
37. <ruby>村上<rt>むらかみ</rt></ruby>
38. <ruby>坂本<rt>さかもと</rt></ruby>
39. <ruby>遠藤<rt>えんどう</rt></ruby>

40. <ruby>青木<rt>あおき</rt></ruby>
41. <ruby>藤井<rt>ふじい</rt></ruby>
42. <ruby>西村<rt>にしむら</rt></ruby>
43. <ruby>福田<rt>ふくだ</rt></ruby>
44. <ruby>太田<rt>おおた</rt></ruby>
45. <ruby>藤原<rt>ふじわら</rt></ruby>
46. <ruby>三浦<rt>みうら</rt></ruby>
47. <ruby>岡本<rt>おかもと</rt></ruby>
48. <ruby>松田<rt>まつだ</rt></ruby>
49. <ruby>中川<rt>なかがわ</rt></ruby>
50. <ruby>中野<rt>なかの</rt></ruby>
51. <ruby>八代<rt>やしろ</rt></ruby>
52. <ruby>大山<rt>おおやま</rt></ruby>

53. <ruby>大河<rt>おおかわ</rt></ruby>
54. <ruby>大行<rt>おおたけ</rt></ruby>
55. <ruby>久保田<rt>くぼた</rt></ruby>
56. <ruby>大槻<rt>おおつき</rt></ruby>
57. <ruby>川瀬<rt>かわせ</rt></ruby>
58. <ruby>小久保<rt>こくぼ</rt></ruby>
59. <ruby>千代<rt>ちよ</rt></ruby>
60. <ruby>手塚<rt>てづか</rt></ruby>
61. <ruby>中垣<rt>なかがき</rt></ruby>
62. <ruby>中曽根<rt>なかそね</rt></ruby>
63. <ruby>丹羽<rt>にわ</rt></ruby>
64. <ruby>五十嵐<rt>いがらし</rt></ruby>
65. <ruby>毛利<rt>もうり</rt></ruby>

歡迎至本公司購買書籍

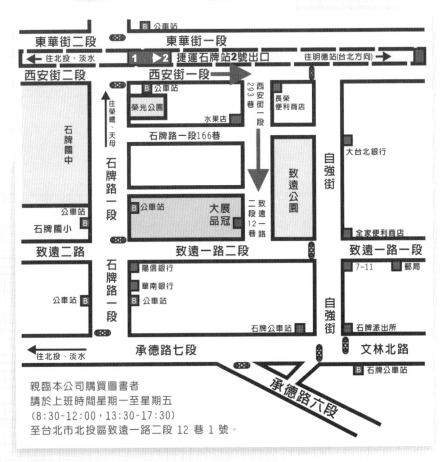

親臨本公司購買圖書者
請於上班時間星期一至星期五
(8:30~12:00，13:30~17:30)
至台北市北投區致遠一路二段 12 巷 1 號。

建議路線
1. 搭乘捷運、公車
　　淡水線石牌站下車，由石牌捷運站 2 號出口出站(出站後靠右邊)，沿著捷運高架往台北方向走(往明德站方向)，其街名為西安街，約走100公尺(勿超過紅綠燈)，由西安街一段293巷進來(巷口有一公車站牌，站名為自強街口)，本公司位於致遠公園對面。搭公車者請於石牌站(石牌派出所)下車，走進自強街，遇致遠路口左轉，右手邊第一條巷子即為本社位置。

2. 自行開車或騎車
　　由承德路接石牌路，看到陽信銀行右轉，此條即為致遠一路二段，在遇到自強街(紅綠燈)前的巷子(致遠公園)左轉，即可看到本公司招牌。

國家圖書館出版品預行編目資料

觀光、商務日本話／蔡依穎主編
－初版－臺北市，大展，民103.03
面；21公分－（日語加油站；7）
ISBN 978-986-346-009-1（平裝）
1.日語　2.旅遊　3.商業　4.會話
803.188　　　　　　　　　　　103001006

觀光、商務日本話

主 編 者／蔡 依 穎

責任編輯／黃　　霞

發 行 人／蔡 森 明

出 版 者／大展出版社有限公司

社　　址／台北市北投區（石牌）致遠一路2段12巷1號

電　　話／(02) 28236031・28236033・28233123

傳　　真／(02) 28272069

郵政劃撥／01669551

網　　址／www.dah-jaan.com.tw

E-mail／service@dah-jaan.com.tw

登 記 證／局版臺業字第2171號

承 印 者／傳興印刷有限公司

裝　　訂／承安裝訂有限公司

排 版 者／千兵企業有限公司

初版1刷／2014年（民103年）　3月

定　價／200元

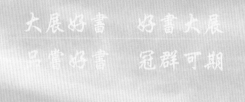

大展好書　好書大展
品嘗好書　冠群可期

大展好書　好書大展

品嘗好書·　冠群可期